THÉORIE DE LA BULLE CARRÉE

"Domaine français"

ISBN 978-2-330-11813-6

SÉBASTIEN LAPAQUE

Théorie de la bulle carrée

ACTES SUD

pour Bruno Verjus

Une théorie, c'est-à-dire une révélation discursive du réel.

ALEXANDRE KOJÈVE,
Introduction à la lecture de Hegel.

J'aime bien la notion de bulle carrée. Les gens comprennent immédiatement. Des bulles qui ont de l'angle.

ANSELME SELOSSE

Ce n'est pas pour croire que je cherche à comprendre : c'est pour comprendre, que je crois. Car je crois également ceci : que je ne comprendrais pas si je n'avais pas cru.

SAINT ANSELME DE CANTORBÉRY

Même à l'époque où il avait laissé de côté sa théorie de la bulle carrée, poursuivi par d'autres lubies, d'autres envies, égaré dans des besognes obscures et des travaux sans importance, il n'avait jamais douté de la nécessité d'écrire ce livre dont la forme avait grandi en lui comme un arbre, jusqu'à atteindre des hauteurs éclaircies. *Théorie de la bulle carrée*. Écoutez voir. Il savait que ce ne serait pas un volume de plus sur le vin, un traité d'œnologie supplémentaire. Ni même un album avec de grandes photos en couleur pour célébrer les pompes et les œuvres d'une maison historique sise à Reims. Ce serait un livre aux seules images intérieures, celles d'un vigneron qui avait eu l'audace de croire à la simplicité pour produire de grands vins.

Des allers et retours en Champagne, des ciels, des soleils, des paysages. La gratuité de la beauté retrouvée dans la Nature. Tout un poème qu'il n'aurait pas gardé pour lui.

La théorie, c'était son projet. Au milieu du chemin de sa vie, les métamorphoses incessantes du réel l'avaient forcé à trouver un point de vue inédit pour observer la vie et ses manifestations, à provoquer en son âme un état nouveau, capable de concilier le couple contraire de la veille et du sommeil. Il voulait vivre et rêver à la fois. Un ancien philosophe, surnommé le maître de ceux qui savent, l'avait enseigné dans Athènes : pour percer le secret du monde, il s'agissait de le décrire tel qu'il était – c'était la vocation de l'historien –, et de l'inventer tel qu'il pourrait être – celle du poète. Il avait ainsi composé deux, trois, de nombreuses théories au confluent de ces arts de la mémoire. Une théorie, c'était non pas une idée, une règle ou un système, mais un cortège, une farandole, une procession. Une théorie, c'était un alignement sans ordre et sans suite d'êtres et d'objets divers émerveillant le *théore* – le spectateur – tout en faisant tinter le mot grec *théa* : la contemplation.

La bulle carrée, c'était une vision d'Anselme Selosse, une image pleine de mystère qu'il réservait à ses visiteurs. Vigneron établi à Avize, un village de 1 800 habitants posé au pied de la côte des Blancs, à une dizaine de kilomètres au sud d'Épernay, Anselme était un poète dans son genre. La visite chez lui était mieux qu'un rendez-vous de dégustation : c'était un exercice spirituel, une promenade dans les hauteurs, une élévation de l'âme. Au contact de cet homme, il avait compris que le champagne, ce n'étaient pas seulement des bulles et un goût de brioche. C'était du vin. Pour apprendre à s'en souvenir, Anselme invitait ses hôtes à oublier les étiquettes dorées, les noms connus, les flacons produits par dizaines de millions. Il racontait la peine des hommes qui travaillaient leurs sols et leurs vignes avec soin et récoltaient un raisin bien mûr afin de produire des vins de Champagne goûteux. Ces artisans-vignerons soucieux de se réapproprier la terre étaient peu nombreux, au début des années 2000. Ils avaient notamment pour noms Bertrand Gautherot, Olivier Collin, Benoît Lahaye, Jérôme Prévost, Pascal Doquet, Alexandre Chartogne et Sophie et Pierre Larmandier. Certains étaient passés par Avize, s'étaient frottés à l'art d'Anselme. D'autres avaient suivi des chemins différents. Qu'importe ! Ils étaient signalés, ils faisaient des émules. Le vent nouveau qui soufflait sur la montagne de Reims et la côte des Blancs avait attiré l'attention sur leur travail exigeant et leur élan passionné. Saison après saison, leur cohorte s'était étoffée dans la Marne et dans l'Aube, au sud de l'appellation, où Michel Drappier avait imposé une référence de goût inédite avec sa cuvée brut nature pinot noir zéro dosage.

Il était temps. Situé à 150 kilomètres à l'est de Paris, le vignoble de Champagne, qui s'étendait sur environ 34 000 hectares, était en train de s'assoupir. On y produisait chaque année environ

310 millions de bouteilles sans toujours savoir très bien d'où venait le raisin. C'était un empire de marques que se disputaient jalousement les royaumes combattants des multinationales du luxe en songeant avec effroi aux cinq milliards de flacons de *sparkling wines* écoulés chaque année dans le monde. La vocation des vignerons champenois était-elle de s'engager dans une bataille du volume ou d'inventer des routes nouvelles, loin du trou noir de l'accumulation illimitée ? Les experts en développement de marque élaboraient des stratégies sophistiquées dont l'objet était de ne jamais avoir à répondre à cette question.

Enfin Anselme vint. Pour toute une génération de jeunes vignerons, il était cet homme rare qui avait projeté une lumière nouvelle sur les chemins crayeux de Champagne en laissant chacun libre de sa quête. Grâce à lui, une référence de goût nouvelle s'était imposée entre Reims et Troyes. Chacun avait été invité à oublier ses idées reçues pour se souvenir que les différents microclimats de la Champagne, avec une même roche-mère, trois cépages principaux, le chardonnay, le pinot noir et le meunier, et un même climat, donnaient naissance à des expressions variées.

À condition que le vigneron n'ait pas la prétention de corriger la nature avec des sélections variétales, que le travail à la vigne soit propre et que le sol ne soit pas dopé aux engrais minéraux, tels l'azote (N), le phosphore (P) et le potassium (K) recommandés par les agronomes pour répondre aux supposés besoins de la plante, Anselme pensait que les microclimats champenois pouvaient être envisagés comme les différentes pièces d'une mosaïque formant au final un ensemble figuratif et maîtrisé. Mais cette maîtrise ne devait pas se conclure par le triomphe d'une norme humaine trop humaine, techniquement reproductible à l'infini dans d'autres vignobles du monde. "Je ne veux pas les endoctriner, je veux qu'ils respirent", disait le vigneron des jeunes gens venus prendre conseil auprès de lui. Il n'existait pas de système Selosse, mais un état d'esprit, mieux encore, un état d'âme. Même les profanes n'ayant passé qu'une heure au domaine Jacques-Selosse s'en rendaient compte. À Avize, on ne venait pas pour boire des étiquettes, on s'attardait à la rencontre d'un homme de l'art jamais avare de ses mots. Son propos évoquait celui d'un sage de l'école de Socrate ou de Confucius et parfois celui d'un compagnon de François d'Assise, le jongleur de Dieu. Même l'envie, cette maladie cryptogamique d'un genre un peu particulier qui sévissait dans le vignoble, était embarrassée dans son office. La première gorgée de champagne Jacques-Selosse, le nom du domaine familial fondé par le père d'Anselme en 1947, avait le don de transporter le plus blasé des buveurs dans des paysages de l'âme, au temps où l'on inventa le vin.

Natif de l'antique *Avitia*, autrement dit le domaine d'Avitius, probablement un propriétaire terrien gallo-romain du IIIᵉ siècle de notre ère qui ne cultivait pas seulement les arts de l'avarice, *avaritia*, le vigneron ne triomphait pas. Il se réjouissait d'avoir déblayé et ouvert des chemins pour l'avenir. "Ce qui a été mis en place en Champagne fait son chemin et pèse doucement sur les choses dans la prise de décision, l'organisation et l'orientation du vignoble. Je pense qu'aujourd'hui, avec quelques autres vignerons, plus jeunes que moi, nous exerçons notre petite influence. Lorsqu'il y aura une décision à prendre, on pensera davantage à nous. D'autant plus que le mouvement continue, il grossit et apporte la preuve qu'on pouvait proposer une vision complémentaire ou adjacente à ce qui existait déjà. Je ne demande pas que la voie conventionnelle soit abandonnée. Simplement que soit laissée leur liberté à ceux dont l'objectif est d'aboutir à un pur jus de raisin."

Du domaine Jacques-Selosse sortaient chaque année entre 50 000 et 60 000 bouteilles réparties en six cuvées : V.O., Initial, Millésime, Exquise, Rosé, Substance, complétées depuis 2005 par la collection Lieux-Dits associant trois blancs de noirs, Sous le Mont, La Côte Faron, Le Bout du Clos, à trois blancs de blancs, Les Carelles, Les Chantereines, Chemin de Châlons. Les amateurs conservaient jalousement l'allocation qui leur permettait d'en acheter d'une année sur l'autre ; les sommeliers des restaurants étoilés patientaient pour en obtenir douze bouteilles ; la cuvée Exquise, née à la demande de Bernard Loiseau et de Pierre Gagnaire, qui souhaitaient un champagne sec pour accompagner certains desserts, faisait rêver les cavistes. On servait du champagne Jacques-Selosse à Paris, au Bristol, et à Cancale, chez Olivier et Hugo Roellinger où il s'accordait à merveille avec les crevettes grises et les huîtres creuses ; des heureux du monde avaient ouvert une Substance au Clarence, à Paris, au restaurant El Bulli, en Catalogne, au Noma, à Copenhague, chez Narisawa, à Tōkyō et chez Apprazivel, au sommet de la colline de Santa Teresa, à Rio de Janeiro. À Londres, Bruxelles, Milan, Donostia, New York, Sydney, Hong Kong et São Paulo, les bulles carrées des champagnes Selosse incarnaient l'élégance française.

D'un continent à l'autre, tous s'accordaient pour célébrer ce champagne, chanter sa précision, sa fraîcheur, sa lumière, son caractère. Les différentes cuvées du domaine avaient le don d'associer deux qualités que l'on croyait inconciliables : l'ampleur et la pureté. Cette attaque à la richesse aromatique incroyable, d'abord insaisissable, puis troublante : mille ans de sensations. Et cette finale fraîche comme de l'eau claire bue à la fontaine : la fleur et le fruit d'une quête infinie de l'absolument simple.

Anselme avait lu Goethe, la *Théorie des couleurs*. La cuvée Substance évoquait la *Trilogie de la passion* et singulièrement *L'Élégie de Marienbad* : "Tu n'avais plus ni vœu, ni espérance, ni désir, tu avais atteint le but de ton intime aspiration."

Lorsqu'il s'était enfin mis à la rédaction de *Théorie de la bulle carrée*, il avait tenté de faire l'inventaire des sujets qu'il y aurait à traiter à propos de la révolution qui s'était produite en Champagne au confluent de deux siècles. Depuis une première bouteille achetée aux caves Legrand, galerie Vivienne à Paris, aux environs de l'an 2000, à une époque où l'on pouvait encore payer en francs, le champagne Jacques-Selosse n'avait jamais perdu sa force d'attraction sur son esprit. Anselme Selosse se souvenait avec émotion du jour où il avait présenté ses flacons dans cette maison. "Vous êtes jeune, certes, mais ce que je goûte, c'est vraiment très bien", lui avait dit Lucien Legrand, le premier caviste parisien à avoir référencé son champagne.

Les caves Legrand, galerie Vivienne à Paris : il aimait cet établissement au charme patiné et cette mention familiale si délicate, au-dessus de la porte d'entrée : "Legrand, filles et fils". Quand il s'y rendait pour boire un verre ou pour acheter une bouteille, il ne manquait jamais d'aller saluer les mânes de Lully à Notre-Dame-des-Victoires, la basilique voisine. Les baladins ont souvent été révoqués par les gens d'Église, sous le règne de Louis le Grand, le roi qui triomphait dans son éternité de bronze au milieu de la place des Victoires, cent mètres plus loin. Mais pas l'incomparable M. de Lully, dont la vie fut pourtant si peu sainte. Le Florentin fut enterré dans une église, comme Pascal et Racine. Il avait racheté les désordres de son existence en composant de somptueux grands motets, notamment une interprétation du psaume 99, *"Jubilate Deo omnis terra"*, "Que la terre entière soit dans la jubilation et confesse le Seigneur", qui faisait résonner ce commentaire d'Augustin : "Quand est-ce que nous jubilons ? Quand nous chantons ce qui est inexprimable."

Chanter l'inexprimable : c'était l'objet de *Théorie de la bulle carrée*, un livre écrit sans autre mobile que la jubilation. Comment dire les choses lorsque les mots manquent ? En jubilant. Comment l'âme dont la joie est au comble peut-elle exprimer l'indicible ? En jubilant. Comment faire entendre sans paroles les transports de son allégresse ? En jubilant. *Se pos pas lou dire, canto lou !* demandaient jadis les grands-mères provençales à leurs petits-enfants. Si tu ne peux pas le dire, chante-le ! C'est ainsi qu'il voulait célébrer le mystère des bulles carrées. En chantant.

Les premières fois qu'il était allé rendre visite à Anselme à Avize, il lui avait demandé de lui dire le secret de son vin. Délaissant le jargon des œnologues, le vigneron ne répondait jamais si directement. Ses visiteurs n'avaient pas droit à un exposé en douze points sur la vendange, le pressurage, le débourbage, la fermentation alcoolique, la fermentation malolactique, la clarification, l'assemblage, la stabilisation, le tirage, la prise de mousse, le dégorgement et le dosage. D'abord parce qu'Anselme n'assemblait pas ses vins provenant de crus et de cépages différents – c'était l'une des principales singularités du domaine Jacques-Selosse sous sa direction. Ensuite parce qu'il n'était pas du genre à faire un cours magistral avec des *slides* projetées à l'aide de PowerPoint. "Dites-moi ce que vous attendez de moi. De quoi parle-t-on aujourd'hui ?" demandait-il simplement aux amateurs venus du monde entier participer à la dégustation "Sève, Savoir, Saveur" dans la cave du domaine, le lundi, le jeudi et le samedi matin. Il avait souvent observé parmi eux des Japonais passionnés. "C'est difficile de faire école sans donner de leçons ! Je me contente de vous donner des indications de sensibilité. Par exemple en opposant les nuances à la puissance." Anselme avait dans le cœur des jardins introuvables. Il inventait sans cesse des métaphores inédites, en commençant toujours par le commencement : la richesse du sol, l'air, la plante, la pluie, l'ensoleillement.

Une promenade dans les vignes pouvait précéder la visite de la cave. Et la contemplation, la dégustation. Car la vigne, pour Anselme, n'était pas tant un lieu de travail – au sens du labeur pénible – qu'un lieu de recueillement. "J'aime cet espace restreint où se manifeste une unité entre l'homme et un environnement, cet univers dans lequel je peux me déplacer à mon gré, sans contrainte. Cette unité est mon idéal, mais très souvent, je ne trouve pas mon compte à cause des contraintes économiques, commerciales, organisationnelles. J'attends donc le retour de ces moments où j'ai la sensation de faire intégralement partie d'un univers : lorsque je suis seul dans ma vigne. À partir de ce moment-là, l'esprit peut s'évader, le regard peut se porter sur un objet précis et le toucher en profondeur, même au-delà de ce qui est visible, dans ses pensées et dans son imaginaire. Cela se fait sans téléphone portable, sans collaborateur, sans client qui m'accompagne dans les vignes. À ce moment, les vignes deviennent pour moi un lieu de vagabondage de l'esprit."

À ce mystique d'un genre un peu particulier, il était tentant de demander si son geste agricole s'apparentait à une prière. "Est-ce que j'en fais également une prière, est-ce que je vais jusqu'à considérer la vigne comme un temple à ciel ouvert ? Le mot « culte » m'y fait réfléchir. Lorsqu'on dit viticulture, agriculture ou sylviculture, on entend le mot « culte », qui renvoie à la fois à l'action d'honorer un dieu et au fait de cultiver. On l'a oublié. On a mis de côté la parenté entre les mots « culture » et « culte ». Il faut pourtant qu'on ait de la vénération, le regard libre et attentif du serviteur vis-à-vis des espèces naturelles. Dans un jardin, est-on dans un lieu de culte ? Il me suffit de regarder des personnes qui cultivent des rosiers en s'émerveillant en permanence de leurs parfums pour le savoir. Vouer un culte, c'est aussi comprendre qu'il y a une limite au contrôle au-delà de laquelle l'émerveillement n'est plus possible."

C'était un bonheur d'écouter Anselme parler de ses parcelles comme d'un royaume. Il aimait que passe et repasse la charrue, taillant ses vignes dans la joie et vendangeant dans l'allégresse. Ces gestes avaient le don de fortifier en lui une impression de participation et d'adhésion que Carlos Drummond de Andrade avait nommé *sentimento do mundo*, sentiment du monde. "Le temps est ma matière", assurait le poète brésilien. Comme un oui à la vie, les gestes d'Anselme l'incitaient à l'introspection, l'obligeant à mieux comprendre une émotion sans cesse renouvelée. "Le vigneron doit être un bon jardinier dans le sens où il doit avoir la sensibilité du végétal. La nature doit être pour lui une réalité directement vécue. Dans cet esprit-là, le jardinier ne mécanise pas. C'est quelqu'un qui se penche, sème, dédrussit, repique, apprécie la maturité et le développement des fruits et des légumes. Dès lors, se met en place tout un monde de sensibilité qui lui permet de prélever de façon différenciée, suivant des stades de maturité, tandis que dans la grande culture en plein champ, on fait une moyenne et on coupe tout d'un coup. Oui, le viticulteur est un jardinier. Attention cependant à ce qu'il ne cherche pas à domestiquer la nature. Il doit rester capable de capter une part d'improbable et de surprise et savoir la restituer dans son produit. Quand on dit qu'un bon viticulteur est d'abord un bon jardinier, ce n'est pas au sens où il prétendrait exercer un contrôle total sur la nature."

Anselme aimait se poser des questions à lui-même et y répondre pour tout le monde. "Que sais-je ? Que dois-je faire ?" On aurait dit un philosophe. "Mon grand problème est de savoir si je dois faire ce que je veux ou ce que me suggère mon environnement naturel." Cette interrogation était uniquement rhétorique, car jamais il n'aurait mis en concurrence la volonté de trop bien faire et la poursuite d'une harmonie avec la nature. "J'insiste. Avant d'être un vigneron, je suis un cultivateur et l'écho du mot « culte » évoque à nouveau en moi l'action d'honorer par des actes ce que l'on aime. La viticulture est l'adaptation du geste de l'homme aux conditions du milieu. Pour protéger mon esprit des théories fortes de mes voisins, je suis obligé en permanence de me mettre moi-même dans une forme de pensée très forte elle aussi. Car moi aussi je pourrais avoir la faiblesse d'utiliser des outils faciles."

Verre en main, le vigneron évoquait les saisons et les jours, les années heureuses et les années difficiles, invitant ses visiteurs à se souvenir. “Le plaisir du vin, pour moi, est un plaisir lié à la mémoire.” Et cette mémoire pour lui était à la fois celle de la terre et celle de l’homme. “Que serait la Bourgogne si les Alpes n’avaient pas surgi ? Que serait le Bordelais sans la Garonne qui a apporté les graves ? Les lieux où l’on produit du vin gardent la mémoire de bouleversements géologiques. La mosaïque de terroirs de l’Alsace et de la Bourgogne n’existerait pas sans la chaîne de réactions qui ont suivi ces bouleversements. C’est là qu’on regrette de ne pas avoir assez travaillé à l’école. J’aimerais connaître les mystères de la géologie. Si j’avais le temps, je m’y replongerais. À propos de la mémoire, on peut également évoquer l’impact que peut avoir le vécu de la vigne. Si j’ai modifié mes étiquettes de millésimes et j’ai voulu qu’elles portent à la fois l’année de naissance des vins mis en bouteilles, les années précédentes et les années suivantes, en caractères plus maigres, c’était chez moi une volonté de restituer l’histoire d’une année au cours de laquelle la vigne a donné le raisin, mais aussi d’évoquer la vie de la vigne, qui est beaucoup plus longue. C’est la raison pour laquelle l’exercice d’une dégustation verticale est très intéressant. Elle nous permet de replonger dans une très longue mémoire.”

On admirait sa sagesse et on l'interrogeait sur sa route d'homme. Il répondait toujours très simplement, comme les faits lui venaient, sans s'appuyer sur une culture historique, philosophique ou littéraire particulière, n'aimant pas être encombré de vanité. “Je suis né en 1954 à Avize. Mon grand-père paternel Marius Selosse était un plombier-couvreur originaire de Paris qui avait été blessé au Chemin des Dames. Soigné par une fille de quincaillier d'Avize, il s'était marié avec elle et s'était installé dans cette ville. Le nom Selosse est originaire de Belgique, des Pays-Bas et du nord de la France, apparu au moment où Isabelle la Catholique a chassé les juifs d'Espagne. Plutôt protestant que catholique, puisque ma famille vient d'Auvergne. Avec toujours, chez moi, des gens originaux, des réfractaires, comme Marius, qui était Croix-de-Feu. Mon grand-père maternel, quant à lui, était journalier chez Pommery à Reims. Mes parents étaient des vignerons agriculteurs courageux. Ils ont créé le domaine au tout début des années 1950, au lendemain de la Seconde Guerre mondiale, dans une époque de reconstruction et n'ont pas arrêté de le développer jusqu'en 1968. Ils sont passés à la transformation du jus en champagne au début des années 1960. C'est en 1964 qu'a été vendue la première bouteille au domaine. Lorsque j'ai commencé à travailler avec eux, en 1974, la production était de l'ordre de 7 000 bouteilles à l'année. J'étais intéressé par la science. J'avais fait des études de viticulture et d'œnologie à Beaune. Et j'avais trouvé un sens important à ce travail. J'avais appris d'un côté la technique et de l'autre les nuances de l'usage de cette technique, même si, à cette époque, la Bourgogne faisait beaucoup d'erreurs. Quand j'ai repris le domaine familial en 1979, cela n'a pas été immédiatement facile pour ma femme Corinne et pour moi. Parmi les choses qui continuent de peser sur notre façon de réfléchir, il y a eu la mise sous surveillance que nous a imposée la banque. Toutes les semaines, le Crédit Agricole prenait rendez-vous pour vérifier que nous faisions bien tous les efforts demandés pour commercialiser. C'est en fonction de ces efforts qu'ils nous autorisaient ou non à signer des chèques. L'année 1983 fut extrêmement difficile à vivre. Nous nous sommes dit que nous n'allions jamais y arriver, que l'aventure allait prendre fin. Dans mon enfance, cependant, je m'étais forgé une détermination. J'étais quelqu'un d'obèse, de renfermé, de bègue, j'avais les bras couverts de verrues, j'étais incapable de prendre la parole en public. Cela explique aujourd'hui encore mon goût pour la solitude. Mais j'avais confiance en moi. Je savais qu'un jour, j'arriverais à me libérer. Je me disais : vous verrez !"

En songeant à ces images en noir en blanc du passé familial glissées dans la conversation par Anselme Selosse, auxquelles étaient mêlés des éléments très personnels, il avait songé à Marcel Proust, à son *Contre Sainte-Beuve*. Une œuvre d'art pouvait-elle être éclairée par la biographie de son auteur ? Lorsqu'il avait analysé les romans de Balzac et de Flaubert dans ses *Lundis*, Sainte-Beuve l'avait cru. Marcel Proust lui avait donné tort : "Le livre est le produit d'un autre moi que celui que nous manifestons dans nos habitudes, dans la société, dans nos vices." Mais quel était cet *autre moi* qui finissait par apparaître dans nos entreprises, quand nous parvenions à nous arracher à l'esclavage du travail laborieux pour réaliser une œuvre, quelque chose de beau, soustrait à l'insignifiance, sinon un *autre même* ?

L'itinéraire d'Anselme Selosse s'élucidait comme une fidélité sans cesse renouvelée à lui-même. Ce qui ne l'empêchait pas de distinguer des continuités et des ruptures. En 1976, des plantes entrées en stress hydrique à cause de la sécheresse lui avaient permis de comprendre le mauvais usage du désherbant, ce qu'il ne voyait pas auparavant. Peu de temps après, il avait remis la main à la charrue et repris le travail des sols. "Jamais de grosse révolution, toujours des évolutions", expliquait-il. C'était dans les dernières années du septennat de Giscard d'Estaing, le président amateur de champagne Ruinart. La route était encore longue pour Anselme. "Je date mon évolution personnelle de l'année 1986, quand nous avons introduit des fûts neufs au domaine. C'est à cette époque que j'ai ressenti davantage de gourmandise."

Dans les années 1988-1989, le changement de bouteilles et d'habillage a témoigné de cette révolution en douceur. "En 1991, j'ai définitivement basculé dans un autre regard. Avant, j'étais productiviste. Je croyais que je pouvais modeler la matière. Je m'étais souvenu de ce que m'avait dit l'architecte Christophe Huet au début des années 1980 : « Arrête de faire ton œuvre. » Pour aboutir à des champagnes offrant plus de profondeur et plus d'arabesques, j'ai oublié ce que je croyais croire."

À ses voisins médusés, Anselme avait apporté la preuve qu'il n'était de grands champagnes que produits non par des fonctionnaires zélés ou par des laborantins surdiplômés, mais par des fous, des hérétiques, des hommes de désir poussés dans la voie mystique par la perception d'un écart intolérable entre la petitesse de la réalité et la grandeur de leurs rêves. "Ce qui m'a aidé dans ma démarche et incité à poursuivre, c'est que j'ai tout de suite rencontré des clients disposés à se prêter au jeu du différent. À ceux qui ne sont pas tout à fait prêts, je dis toujours : « Ne vous attendez pas à quelque chose. »" On pouvait bien feindre l'indifférence, on était fatalement saisi par des émotions nouvelles. Les intuitions d'Anselme étaient irrésistibles. "J'aime quand le champagne a des bulles carrées, croquantes sous la dent.”

Cela faisait plus de dix ans que ce mot le poursuivait. Plus de dix ans que ce motif d’une nouvelle théorie le hantait. À quoi Anselme songeait-il lorsqu’il avait parlé de bulles carrées ? Et comment s’y prenait-il pour en faire la matière première où se cachait, se resserrait et surgissait le génie de ses vins ? En revenant à Avize pour écouter le vigneron évoquer son travail, il avait découvert son côté cubiste. Il avait appris à l’admirer sans plus prétendre connaître le secret de son art, fidèle à un très ancien commandement : “Je cherche, je n’affirme pas ; en écrivant, je ne détermine rien ici ; je conjecture ; je me prépare ; je compare, j’éprouve ; j’interroge.”

Chez Anselme, il fallait réapprendre à admirer une réalité qui échappait à la raison raisonnante. “Qu’est-ce que j’attends lorsque je retrouve ma vigne ? J’attends de partir en voyage dans un pays inconnu. Mais c’est difficile de partir en voyage en pays inconnu dans un pays qu’on connaît ! Ce n’est donc pas le lieu, qui va apporter la part d’inconnu, mais tout le vécu, toute la restitution de la particularité du climat de l’année. Elle va me faire découvrir et toucher un bien que je n’avais pas encore aperçu.” Anselme était un artiste aux dons inouïs, un vigneron lyrique, un logicien subtil, un arpenteur de l’invisible : le Picasso du chardonnay. Depuis ses premières vinifications au domaine, en 1974, lui aussi avait eu un parcours personnel marqué par des étapes distinctes : ses périodes ; lui aussi avait été pénétré par l'Andalousie ; lui aussi s'était employé à imposer un ton rare, incomparable, irremplaçable en véritable révolutionnaire. Et Anselme aurait pu dire : "Qu'est-ce que le champagne ? Si je le savais, je me garderais de le révéler. Je ne cherche pas, je trouve."

L'empreinte espagnole était profonde sur le travail d'Anselme. "La découverte de la Rioja a été importante. À l'époque où je m'y suis rendu, c'était une région très pauvre, où il n'y avait pas d'eau courante. Mais je voulais savoir comment les vignerons travaillaient là-bas. Ils produisaient de grands vins malgré leur dénuement. Il y avait des leçons à recevoir d'eux ; quand on n'a pas d'argent, on a beaucoup d'inventivité." La marque espagnole des champagnes Jacques-Selosse se ressentait en particulier à la dégustation de la cuvée Substance, la dernière-née des mythologies champenoises. Issue de chardonnay vendangé à haute maturité sur les parcelles d'Avize, elle était obtenue selon la méthode traditionnelle des *solera*, qui consistait à additionner les millésimes successifs dans une cuve unique pour faire éduquer les jeunes vins par les anciens et obtenir ainsi un antimillésime où l'accident des années consécutives s'effaçait au profit de la substance du jus de raisin fermenté. Quelque chose de fragile et allumé comme un coquelicot dans le brouillard, aurait dit le poète. Un nombre limité de cols était prélevé de la cuve. Les flacons de Substance dégorgés chaque année étaient ainsi issus d'un assemblage perpétuel débuté en 1988 avec pour point de départ le vin issu de la vendange de 1986, une année heureuse à Avize.

La cuvée Substance était un champagne extraterrestre, le pur produit du terroir mental d'un vigneron d'exception. Quelle révélation. C'était un vin au nez de noix et d'amande, à la bouche iodée, ample et généreuse pour commencer, avec des arômes primaires, puis plus resserrée, évoluant vers des notes d'agrumes. La bulle fine et crémeuse, très présente en bouche, était merveilleusement fondue dans la trame du vin. Après une heure de carafe, ce champagne inouï introduisait le buveur en pays inconnu, rivalisant avec les très grands bourgognes blancs, un montrachet du domaine de la Romanée-Conti, par exemple. Convoquant des références de goût peu communes, il exigeait beaucoup de patience et même une longue initiation.

Pour être sensible à l'équilibre du gras et de la pureté, de l'austérité et de l'intensité et ne pas voir du désordre là où régnait une merveilleuse harmonie de sensations fines, on pouvait se souvenir de quelques vins fins de Jerez. Par exemple du manzanilla Papirusa du domaine Lustau produit à partir du cépage *palomino fino*, élevé sous voile au bord de la côte atlantique, à Sanlúcar de

Barrameda, à l'embouchure du Guadalquivir, à une trentaine de kilomètres au nord de Cadix.

Sanlúcar de Barrameda ! C'était de ce port que le *Victoria*, le *Trinidad*, le *San Antonio*, le *Concepción* et le *Santiago*, les cinq vaisseaux de l'équipage du navigateur portugais Fernand de Magellan, prenant le cap sud-ouest, étaient partis pour une première circumnavigation du globe, le 20 septembre 1519. Il avait une pensée pour ces conquérantes "ivres d'un rêve héroïque et brutal" glorifiées par José-Maria de Hérédia, lorsqu'il dégustait, par lampées glacées, le xerez manzanilla Papirusa. C'était un vin enveloppé de brises marines, qui embarquait le dégustateur dans une longue odyssée intérieure – "au fond de l'inconnu pour trouver du nouveau !"

Sa découverte permettait de comprendre un axiome essentiel d'Anselme : "L'oxydation n'est pas un mal. Elle permet d'effacer l'enveloppe organique pour laisser apparaître la trame minérale." Refusant de regarder l'oxygène comme un ennemi et affectionnant les oxydations lentes et maîtrisées du vin tranquille en fûts bourguignons de 228 litres, Anselme envisageait d'une manière très personnelle la possibilité d'employer le dioxyde de soufre lors du pressurage, mais jamais à la vendange et lors de la mise en bouteilles comme on le faisait communément. Son millésime 1996 était sans soufre ajouté, ce qui associait un caractère rustique à ses arômes élégants d'épices, de miel et d'abricot. Un vin libre comme un poney sauvage. L'image du troupeau de pottoks galopant sur les contreforts de la montagne Pyrénée ne s'imposait pas ici par hasard. D'un vigneron qui traitait durement ses animaux, Anselme avait dit un jour. "Cela ne m'étonne pas. Comme tu soignes ton chien, tu soignes ton vin. Il n'aime pas les vins sauvages, avides de liberté."

Inaccessible au charme des vertus antioxydantes et antiseptiques du soufre auxquelles ses professeurs au lycée viticole de Beaune avaient tenté de l'initier au début des années 1970, Anselme en était peu à peu venu à se méfier de ses pouvoirs neutralisateurs. Il répétait qu'un grand vin ne pouvait pas naître d'un effet inhibiteur, que ce soit celui de la contrainte économique ou mentale dans l'esprit du vigneron ou celui d'un composé chimique dans le jus de raisin fermenté. Cet homme n'aimait pas qu'un vin soit bridé, consigné, enfermé dans un cadre, assigné à résidence. Mais il ne faisait ni un drapeau, ni une doctrine de son usage décroissant du soufre, préférant l'évidence enfantine aux décrets des idéologues. "Je ne refuse pas le SO_2 par principe, mais en tant qu'il dégrade les éléments d'élégance. Je ne prétends pas faire un vin biologique ou biodynamique, mais expressif et naturel." Ainsi s'exprimait Anselme Selosse en son art et son temps, en quête d'une harmonie sans cesse perdue et retrouvée. Avec lui, la guerre du soufre ne pouvait pas avoir lieu, puisqu'il refusait d'envisager la question comme un dogme à respecter ou à transgresser.

Jules Chauvet voyait les choses de la même façon. Installé à La Chapelle-de-Guinchay, considéré comme le père du mouvement des vins naturels, ce négociant-éleveur qui avait étudié le travail des levures, la fermentation malolactique et la macération carbonique à l'école de chimie de Lyon et à l'université Humboldt de Berlin vendait son beaujolais à l'Élysée où il était servi à l'ordinaire du général de Gaulle. Il avait compté pour Marcel Lapierre, qu'il avait aidé à trouver le secret d'un morgon tout raisin, sans aucun ajout ; compté pour le vigneron bourguignon Philippe Pacalet, qui avait passé un an auprès de lui ; et compté pour Anselme Selosse, à l'époque où il étudiait à Beaune : "Je suis de la génération où Jules Chauvet s'est fait entendre. Il avait compris que le beaujolais n'avait plus de goût. Et senti l'urgence de trouver une voie différente, à la fois plus ancienne et plus moderne." Trois décennies après la mort de Jules Chauvet, ses leçons continuaient de résonner, notamment à propos de l'emploi de l'acide sulfureux (H_2SO_3), né de la dissolution de dioxyde de soufre (SO_2) dans de l'eau (H_2O). À ses visiteurs, Jules Chauvet rappelait souvent que lorsqu'un vigneron cultivait ses vignes avec soin et qu'il cessait de les accabler d'engrais synthétiques et de produits phytosanitaires, il récoltait un raisin sain qui fermenterait sans qu'il y ait besoin de le protéger de la piqûre lactique ou acétique avec un agent antioxydant. Mais si le raisin n'était pas suffisamment sain, il était logique de le protéger avec de l'anhydride sulfureux dosé avec discernement. Employer du soufre par principe, comme on prendrait un médicament sans être malade, apparaissait regrettable depuis que de nombreux artisans, parmi les meilleurs, avaient démontré qu'on pouvait s'en passer. Surtout en Champagne, où l'on produisait des vins effervescents : le gaz carbonique n'était pas un antioxydant, mais il faisait office de protection naturelle en empêchant l'oxygène de se combiner dans le vin. Stabilisés et clarifiés par des élevages longs, les champagnes sans soufre conservaient un maximum de fraîcheur et permettaient de retrouver les arômes primaires de l'automne, avec des notes pures de cep, de sève et de fruit.

Ainsi avait-il appris à savoir aimer et à savoir boire le plus troublant des champagnes. À l'action, Anselme aimait associer la connaissance. Aimer, oui, boire oui, mais toujours savoir ce que l'on buvait et connaître ce que l'on aimait, en ne négligeant aucune modalité du savoir. Qui, quoi, où, par quels moyens, pourquoi, comment, quand ? La merveille de la cuvée Substance était une évidence, mais au-delà de cette évidence, Anselme voulait accéder à la connaissance. En sa compagnie, il avait souvent remis son nez dans le verre, rêveur. Il avait cherché les mots pour parler des arômes de son champagne. Quand il n'y parvenait pas, il s'esquivait, pastichait les moralistes français du Grand Siècle. *Il y a toujours eu du je-ne-sais-quoi en tous les vins du domaine Jacques-Selosse.* Quelque chose de rocheux, qui éclatait sous les papilles, mêlé à un caractère vineux puissamment marqué.

Il l'avait déjà dit. Les mots pour célébrer la cuvée Substance ne ressortissaient pas du vocabulaire de la sommellerie, mais de celui de la poésie et de la philosophie. Et même de la théologie, puisque cette coulée d'or orientée vers l'Un permettait de tutoyer les séraphins, les chérubins, les trônes, les dominations, les vertus, les puissances, les principautés, les archanges et les anges – les "substances séparées" des docteurs médiévaux – longtemps avant l'apparition des premiers signes de l'ivresse. L'émerveillement du buveur s'apparentait à celui d'Anselme de Cantorbéry en face de son Créateur : "Et donc, tu emplis tout et tu embrasses tout, tu es avant toutes choses et au-delà de toutes. Tu es avant toutes choses parce qu'avant qu'elles furent faites, tu es. Mais au-delà de toutes, comment est-ce que tu l'es ? Car de quelle manière es-tu au-delà de celles qui n'auront pas de fin ?" Avant de déboucher un rare flacon de Substance – 3000 bouteilles chaque année, pas une de plus –, il aimait relire quelques pages du *Proslogion*, composé vers 1077-1078.

Pourquoi le nom de saint Anselme à cette place, pourquoi à ce moment dans *Théorie de la bulle carrée* ? La digression était un art, c'était une discipline – et ce n'est certainement pas Anselme Selosse qui aurait prétendu le contraire. Platon, en son *Parménide*, expliquait que celui qui voulait rencontrer le vrai devait s'entraîner à cette *divagation*, à cette *exploration en tous sens*. Pour toucher un objet enfin merveilleux, on devait accomplir un parcours en saisissant chaque chose l'une après l'autre dans l'ordre du discours. "Assouplis-toi, toutefois, entraîne-toi davantage au moyen de ces exercices d'apparence inutile et que la multitude appelle bavardages ; fais cela tant que tu es encore jeune : sinon, tu laisseras t'échapper la vérité."

Voilà comment, d'une bouteille de Substance, surgissait Anselme, moine latin du XIe siècle, né à Aoste, contemporain de Guillaume le Conquérant, devenu abbé du Bec Hellouin, en Normandie, puis archevêque de Cantorbéry, en Angleterre, à une époque où la confrontation du pouvoir temporel et du pouvoir spirituel était plutôt brutale. Il n'y avait pas encore eu de meurtre dans la cathédrale, cela viendrait, car déjà le roi murmurait : "N'y aura-t-il personne pour me débarrasser de ce prêtre turbulent ?"

C'est à l'abbaye du Bec Hellouin, où il passa les plus belles années de sa vie, que le Docteur magnifique composa la plupart de ses ouvrages et notamment le *Proslogion*, une “allocution sur l’existence de Dieu”, qui lui avait toujours semblé utile pour éclairer le geste magnifique d’Anselme Selosse. Qui croit qu’un homme ait jamais porté un nom par hasard ? Qui croit qu’un prénom ça ne vous colle pas à la peau ? Après les philosophes grecs et la tradition monastique, ce sont les maîtres juifs de la Kabbale qu’il convenait de convoquer afin que la famille soit au complet.

Une très ancienne sagesse juive invitait à croire que le prénom d’un individu ne devait rien au hasard, cette Providence des imbéciles. Il était la clef de son âme, le secret de son être. “Son nom, c’est lui”, dit le livre de Samuel d’un mauvais homme appelé l’Insensé. À l’heure du Jugement, chacun devrait répondre à ces questions : “Quel est ton nom ? En as-tu été digne ?” Le nom, c’était l’homme. Les enfants le comprenaient immédiatement qui demandaient : “Comment tu t’appelles ?”

De toute évidence, il fallait se prénommer Anselme pour avoir rêvé d’un champagne tel qu’on ne peut rien penser de plus grand, *“id quo maius cogitari nequit”*, comme il est écrit dans le *Proslogion*. Le vigneron avait un saint patron qui avait insisté sur les pouvoirs de la raison et démontré que, s’il existait une gradation du moins bon vers le meilleur, au sens comparatif, alors il existait nécessairement un *meilleur*, au sens superlatif. Comment ne pas être stupéfait par cette conjoncture. Le patron de l'incomparable M. Selosse était à la fois bénédictin et métaphysicien. Un moine et un philosophe ! Deux traditions, deux vocations dont la rencontre ne laissait pas d'émerveiller le vigneron qui la perpétuait à l'heure de la Technique. Anselme ne négligeait pas l'œuvre du gallo-romain Avitius et de ses contemporains de la fin du IIIe siècle, à l'époque où l'empereur Probus permit à tous les Gaulois de planter de la vigne et de produire du vin. Mais il savait qu'entre le Ve et le XIIIe siècle, époque de la vraie, de la grande révolution agricole*, marquée par l'amélioration de la charrue, du moulin et de la traction équestre, c'était le soin des bénédictins qui avait préservé l'art des Gallo-Romains entre Reims et Troyes. "Je n'oublie pas que ce sont des moines, donc des contemplatifs, qui ont développé le vignoble dans la région."

L'imitation de leur geste et de leur piété ne lui déplaisait pas. "Je me dois d'être dans cette lignée et de ne pas oublier de transmettre", répétait le vigneron qui avait associé son fils Guillaume à la direction de la maison familiale depuis 2012. Homme de clarté et de rigueur, Anselme Selosse s'était donc fait de son vin une idée telle que rien de plus grand ne pouvait être

* Voir Emmanuel Leroy Ladurie, *La Civilisation rurale*, Allia, 2012 et Marc Bloch, *Les Caractères généraux de l'histoire rurale française*, Pocket, 2006.

pensé. Il la poursuivait saison après saison, sur 8,5 hectares de vignes réparties sur 54 parcelles des plus beaux villages de la côte des Blancs – Avize, Cramant, Oger, Le Mesnil-sur-Oger – et de la montagne de Reims – Aÿ, Ambonnay, Mareuil-sur-Aÿ. Il était le Docteur magnifique de la Champagne.

Appuyé sur des intuitions lumineuses et surprenantes, Anselme touchait l'être même des choses en progressant de l'extérieur, *ab exteriori*, à l'intérieur, *ad intima*.

Sous l'invocation de saint Anselme, une dégustation au domaine Jacques-Selosse s'achevait assez souvent sur des questions philosophiques qui s'entendaient plus souvent dans les amphithéâtres des universités que dans les chais à vin. Qu'est-ce qui distinguait la substance de l'hypostase ? Seuls ceux qui avaient beaucoup bu, et du meilleur, se révélaient capables d'éclaircir ce problème de khâgneux en se souvenant que la *susbtancia*, en latin, et l'*hupostasis* en grec, c'était la même chose. Anselme laissait dire, prenant son temps. Autant que de philosophie, il raffolait de problèmes d'étymologie. Il affectionnait les mots, les dictionnaires et des mots connaître l'origine. Dans la journée, cet homme concentré sur sa tâche s'arrêtait volontiers pour discuter le sens d'un mot avec sa femme Corinne. "Sève, saveur, savoir, ce sont trois mots qui ont à la même origine latine : le verbe *sapere*, avoir du goût." C'était vrai et c'était beau, quand on y pense, cette familiarité entre le savoir et le goût. La connaissance était une affaire de gourmandise. À cette connaissance, premier des attributs de Dieu selon les théologiens du Moyen Âge, s'associait la sagesse, don de l'Esprit et autre dérivé du latin *sapere*. Cette vertu, dont Aristote expliquait qu'elle consistait à ordonner et à juger, était indispensable au vigneron. Elle différait de la science, vertu active, en ce qu'elle était purement spéculative et contemplative, visant le vrai pour lui-même. Par là, elle la subsumait. Subsumer, dites-vous ? Encore un mot venu du latin et du Moyen Âge. Chez Thomas d'Aquin, l'universel subsume le particulier : il le surplombe et l'enveloppe. Chez les Modernes, subsumer, c'est appliquer un concept intellectuel général à une intuition sensible particulière. C'est peu dire qu'Anselme Selosse passait ses nuits et ses jours à la subsomption.

Le vigneron acceptait le jugement de ses sens, il voulait bien croire aux présents de la nature, mais il voulait comprendre. De là sa passion pour l'origine des mots. L'étymologie était la doctrine de la dérivation des mots par rapport à leur racine et le vigneron s'intéressait de près à la vie racinaire lorsqu'il mettait la main à la charrue. "Racines d'une plante, racines d'un mot, c'est un peu la même chose, non ?"

C'est ainsi, dans l'intention d'écrire sa *Théorie de la bulle* carrée, qu'il avait pressenti qu'il valait mieux se munir des quatre volumes du *Dictionnaire de la langue française* publié par Émile Littré au mitan du XIXe siècle et d'un bon vieux *Bloch & Warburg*, un dictionnaire étymologique composé par un linguiste français et un philologue suisse en 1932, que du *Guide Parker des vins de France*, une manière d'indicateur du cours du bois de chauffage rédigé par un *yankee* du Maryland.

Dans le *Dictionnaire universel, contenant généralement tous les mots français tant vieux que modernes, et les termes de toutes les sciences et des arts* publié par Antoine Furetière en 1690, il avait même déniché pour Anselme un enfant perdu du latin "*sapere*". "SADE. adj. Vieux mot, & hors d'usage, qui signifiait autrefois *de bon goût & agréable*. Il a encore son composé en usage, qui est *maussade*, désagréable & dégoûtant." Il était permis d'imaginer sa remise en circulation. De même que celle du mot "sapide", employé jadis, dont ne subsistait guère que l'antonyme "insipide".

Dans le *Quart livre des faits et dits du noble Pantagruel*, Rabelais se proposait ainsi de réchauffer les paroles gelées par la mauvaise saison. Le mot "substance", lui, n'avait pas besoin d'être réchauffé. Il était de gueule, il était de sinople, il était d'azur, il était de sable, il était doré et nous l'entendions *réellement* comme dit messire François en son *Quart livre*. U vert, A noir, E blanc. Dans l'inventaire des voyelles du poème d'Arthur Rimbaud, ne lui manquait que le I rouge et le O bleu des cuvées V.O. et Initial, les deux bruts sans année blanc de blancs du domaine Jacques-Selosse.

Substance : derrière le mot, l'on cherchait le sentiment juste. La substance, c'était ce qu'il y avait de constant dans la transformation des choses, l'élément permanent de l'objet modifié par le changement, tout en demeurant le même. C'était le fonds même de l'être, ce qui s'obstinait quand tout changeait. *L'autre même*, encore une fois.

Pour tout ce qui concernait sa *Théorie de la bulle carrée*, il avait souhaité être précis. Dans ses petits carnets, il avait consigné les lieux, les dates. Le vendredi 23 mai 2008, à Avize, le ciel était bleu tendre, un peu froid, zébré par de longs filaments blancs. Après avoir suivi Anselme dans sa vigne du Mesnil, il avait dégusté avec lui quatre millésimes : 1988, 1996, 1998, 1999. Anselme affectionnait cet enchaînement qui dessinait son chemin d'homme, sa route de vigneron. En 1988, la première année du second septennat de François Mitterrand, il avait trente-quatre ans. Il serait bientôt *"nel mezzo del cammin di nostra vita"*, comme le chante Dante Alighieri à la première ligne de *La Divine Comédie* : au milieu du chemin de notre vie. Il lui restait cependant à vivre des aventures sans nombre. À vingt ans de distance, le millésime 1988, dernier témoin des temps anciens dans l'esprit du fils unique de Jacques Selosse, avait une bouche légèrement mentholée aux arômes de fruits exotiques. "Dans ce vin, il y a 80 milligrammes de SO_2" : le nez dans son verre, Anselme l'appréciait comme une curiosité préhistorique. Issu d'une année froide, le millésime 1996 avait quelque chose de charmant et d'enfantin. Selon le vœu constant, public et assuré d'Anselme, le chardonnay provenait de parcelles à la situation et à l'exposition contrastées. Typiquement champenois, le Jacques-Selosse blanc de blancs grand cru millésime 1998 avait une belle robe dorée, des bulles fines, des arômes de brioche, de malt, de froment et de blé sucré. Le 1999 était très différent, déroutant au premier abord, avec son nez mêlant la menthe et l'iode, la fraîcheur d'une glycine en guirlande et la salinité des petits poissons de la mer Cantabrique. Ce goût salé du champagne ne désolait pas Anselme. Il le revendiquait. La dégustation des singularités du sous-sol d'Avize et de ses environs – violette et menthol –, était un plaisir dont il ne se lassait pas et qu'il revendiquait à la manière d'un privilège.

Métaphysicien d'un genre un peu particulier, le vigneron avait imaginé une série de cuvées bien distinctes, permettant à l'amateur de découvrir selon sa guise le génie du Lieu ou l'esprit du Temps. "Une seule année et différentes parcelles ou bien une seule parcelle et différentes années, voilà comment j'organise les choses", expliquait-il. La cuvée Substance faisait exception. Mais Substance, c'était Substance. Toutes les années, tous les lieux et plus encore, si affinités. Le vendredi 23 mai 2008, Anselme avait débouché un flacon dégorgé en 2000, c'est-à-dire un champagne produit avec le chardonnay des années 1986-1994. Les années pionnières d'Anselme, celles de ses Grandes Découvertes ! Encore une fois, c'était un vin plus proche du ciel que de la terre, qui témoignait, chez son créateur, d'une sensibilité dualiste qu'il ne cachait pas. Cette bouteille de Substance échappait à toute mesure humaine. Elle donnait accès aux sensations les plus fines dans leurs formes les plus discrètes et les plus pures, sans cesse renouvelées, comme la vie. Les goûts, la densité et l'harmonie du vin stupéfiaient le dégustateur. L'extase et l'émotion qu'il provoquait le poussaient sur la voie de réalités nouvelles glissées sous le monde sensible, de joies que seul procure le Temps retrouvé. Cubiste, Anselme était également proustien. On ne s'étonnait pas de cette conjonction lorsque l'on songeait que *Du côté de chez Swann* avait paru à Paris en 1913 tandis que Guillaume Apollinaire publiait son recueil de poèmes *Alcools*, que Stravinsky présentait *Le Sacre du printemps* et que Pablo Picasso composait son fameux collage *Guitare sur un guéridon.* Puisque la bulle pouvait être carrée, rien n'interdisait à "l'édifice immense du souvenir" évoqué par Marcel Proust à propos de la célébrissime petite madeleine d'être à angles droits, accordé aux fondamentaux du cubisme. Une dernière gorgée de Substance rendait ainsi toutes les coïncidences possibles en faisant résonner les mots du petit Marcel. "Mais, quand d'un passé ancien rien ne subsiste, après la mort des êtres, après la destruction des choses, seules, plus frêles mais plus vivaces, plus immatérielles, plus persistantes, plus fidèles, l'odeur et la saveur restent encore longtemps, comme des âmes, à se rappeler, à attendre, à espérer, sur la ruine de tout le reste, à porter sans fléchir, sur leur gouttelette presque impalpable, l'édifice immense du souvenir."

Ainsi, la *Théorie de la bulle carrée* s'était-elle imposée comme un devoir, mais un devoir léger, un devoir heureux, un devoir de vacances. C'était merveilleux. Il n'avait plus besoin de justification pour écrire, le devoir l'appelait. Autrefois, il se faisait des reproches mais, désormais, il voyait la route ouverte devant lui. C'était simple. Passer par Cuis et continuer par la route d'Épernay, traverser Cramant et rouler un kilomètre. Avize était au bout de la rue de la Libération. Il connaissait une très bonne maison à Cuis, des gens soigneux, une famille d'artisans-vignerons qui aimait les cuvées parcellaires et partageait avec Anselme le goût obstiné de l'origine.

Mais ce n'était pas le moment de se laisser distraire. Même en rêve, il fallait continuer à rouler. Il avait tant de choses à dire et tant de souvenirs dans les jardins profonds, les profonds jardins, la maison du trésor de sa mémoire. Il devait décrire les aubes vertes et les soirs bleus, peindre les chemins crayeux et les vignes qui frissonnaient sous les nuages, agitées par un pressentiment tragique. Allait-il grêler ? Jour après jour, il retrouvait sa table de travail, son établi d'artisan, avec le mugissement des autobus, tout en bas sur le boulevard, et une grande fenêtre devant lui, orientée vers le soleil levant. Il exigeait de n'être plus dérangé par personne, occupé par une tâche importante, seul avec son cahier, ses crayons, ses mots. Heure après heure, une phrase, trois mots, une page ; en brodant les unes aux autres les impressions notées dans ses carnets, il raconterait une aventure extraordinaire.

Il devait se souvenir de sa première rencontre avec Anselme. C'était le 8 novembre 2005. Un mardi gris. Le raisin de l'année avait été rentré en cave où il fermentait doucement. Sur la départementale 10, Anselme parlait, poursuivant son grand rêve. "En Champagne, il y a deux écoles. Ceux pour qui une cuvée est un produit d'assemblage et le vin un chef-d'œuvre de construction humaine. Et ceux pour qui le vin est défini par son origine : un lieu aux caractéristiques physiques et chimiques singulières, un climat, un paysage. J'ai connu les vieux chefs de cave de la première école. Ils portaient au plus haut point la vision anglo-saxonne qui privilégie le procédé et la marque. Je me suis tourné vers la vision méditerranéenne, où le terroir et la culture importent plus." Amateur de digressions poétiques et de parenthèses philosophiques, Anselme avait cependant le don de toucher à l'essentiel – à l'être même des choses : "Un grand vin ce n'est pas une création, c'est une évidence."

Depuis sa sortie du lycée viticole de Beaune, où il avait découvert la vinification à la bourguignonne, cette quête de l'évidence était le mobile et la matière de sa vie. C'est peu dire que les paradoxes auxquels cette chasse subtile l'avait confronté l'avaient initié à une manière de philosophie automatique. Anselme, c'était un métaphysicien du Grand Dehors, en quête d'une vérité du monde et de la vie dont le jour au jour livre le secret et la nuit à la nuit la connaissance, comme dit le psaume de David.

À ses côtés, on s'élevait facilement dans les hauteurs, mais il fallait toujours savoir redescendre sur terre. Pourquoi sur terre ? "Parce que c'est là que tout se passe", expliquait Anselme qui s'était intéressé à l'activité des sols dans le sillage de Lydia et Claude Bourguignon, un couple d'ingénieurs agronomes francs-tireurs, anciens collaborateurs de l'Institut national de la recherche agronomique (Inra), qui avaient eu la hardiesse de dénoncer la sahélisation des terroirs que les agriculteurs accablaient d'intrants et la destruction afférente de "sœur notre mère la terre" – comme dit François d'Assise dans le *Cantique des créatures.* Compactée, privée d'apports organiques, lessivée chimiquement, la terre épuisée cessait d'être nourricière. Dès lors, ce n'était plus à la vigne que se faisait le vin, mais au cuvage, avec tout le maquillage œnologique que cela impliquait. "Le raisin représente moins de 7 % du prix de revient de certaines grandes cuvées", jurait Anselme.

Il avait écrit le mot "épuisée". Mais ce n'était pas la conception d'Anselme. "Il ne s'agit pas d'épuisement, il ne faut surtout pas dire ça ! Il faut parler de destruction de la vie microbiologique en sachant que le sol conserve toujours sa capacité de renaissance. Quand on parle d'épuisement, on considère qu'il n'y a plus les matières vitales pour nourrir les plantes. Or les matières vitales sont là. Simplement, les racines ne peuvent plus aller explorer le lieu, donc il n'y a plus de vie. Sous prétexte d'épuisement, on va mettre des engrais minéraux avec la prétention d'apporter au sol ce qui lui manque. Car l'homme a trouvé le moyen d'inventer des engrais qui n'ont même plus besoin d'être répandus sur une terre vivante pour nourrir des plantes vivantes. Il se contente d'apporter de l'eau et des sels minéraux en solution. À long terme, je ne sais pas ce que cela va donner… Le fait de nourrir une plante avec des sels minéraux que l'homme a sélectionnés lui fait perdre son origine et la mémoire du lieu où elle est née. On entre alors dans quelque chose de complètement indifférencié et normalisé. C'est dans cette perspective que je juge l'agronomie moderne mauvaise. L'agronome s'en tient à la seule analyse. C'est ainsi qu'il peut se permettre de dire : « En Champagne, vous avez trop de calcium, donc il va falloir rééquilibrer avec des apports de potassium et de magnésium. » Ce qu'il ne veut pas comprendre, c'est qu'avec ce rééquilibrage, on perd le défaut qui crée le remarquable."

Il fallait apprendre à écouter Anselme, laisser infuser son savoir. Les journées passées avec lui laissaient de beaux souvenirs. "J'ai tourné le dos aux vinifications technologiques il y a plus de vingt ans. Le champagne que je produisais ne me satisfaisait pas. Je m'en faisais une idée préconçue. Pour lui donner de la fraîcheur, de la droiture, de la pointe, de l'élévation, j'en faisais un produit trop élaboré. J'étais stupide de m'épuiser à la cave, de chercher à corriger mon vin. Il fallait revenir à la vigne, comprendre le fonctionnement de l'ensemble de l'écosystème, plante, sol, microfaune et microflore." C'est ainsi que dans la conduite de la vigne, Anselme Selosse avait exclu les engrais chimiques, les insecticides et les herbicides de synthèse pour laisser le végétal s'épanouir en liberté sur la craie du Campanien.

Ils n'étaient pas nombreux, en Champagne, à avoir abandonné le désherbage chimique et repris le travail de la terre. En 2015, sur les 34 000 hectares de l'appellation, on en comptait un peu plus de 500 cultivés selon les normes de l'agriculture biologique. Anselme, qui ne voulait appartenir à aucune chapelle, ne s'en revendiquait pas. Des tailles courtes, des rendements faibles – il ramassait moitié moins de raisin que la plupart de ses voisins – et des vendanges à maturité lui permettaient cependant d'obtenir des raisins magnifiques qui fermentaient en barriques après pressurage, sans ajout de levures sélectionnées en laboratoire. “Elles appauvrissent le potentiel aromatique des vins en dessinant un contour dont ils ne peuvent plus sortir.”

Le défaut qui crée le remarquable : toute la sagesse d'Anselme tenait dans ces mots.

Un autre jour, le vigneron l'avait initié à la lecture du sol par plantes. “Dans la nature, les plantes fleurissent, les fruits mûrissent et les graines tombent au sol ou sont dispersées par les animaux. Mais une substance les empêche de germer immédiatement. Celle-ci doit être dégradée par une condition particulière – le froid, l'humidité ou la sécheresse – pour que la faculté de germination de la graine soit libérée. On appelle cela la levée de dormance. Le réservoir de graines dans un sol est énorme.

Une plante qu'on n'a pas vue depuis vingt ans a la capacité de réapparaître grâce aux graines enfouies et stockées dans le sol. Lorsque l'on est attentif et que l'on veut connaître l'état d'un sol, on peut passer régulièrement, notamment en fin de campagne, pour observer l'état des sols après les vendanges. La levée de dormance concerne toutes les graines, sauf les graines industrielles qui ont été modifiées afin de pouvoir germer en toutes circonstances. Une observation de la surface occupée par les plantes entre les vignes m'indique ainsi beaucoup de choses sur les sols."

Les graines de certaines plantes lèvent leur dormance avec un état de carence du sol en argile, comme la petite oseille ; d'autres germent lorsqu'il y a de l'eau stagnante, comme les solidagos. Une forte présence d'orties signe une pollution par boîtes de conserve ou vieille ferraille ; de chénopode, la sécheresse ; de pâquerettes, la décalcification, le lessivage du sol – la migration par l'eau de pluie des particules les plus fines de la surface vers les profondeurs du sol –, la désagrégation du complexe argilo-humide et un début d'érosion. La mercuriale annuelle trahit le lessivage de l'azote et de la potasse. La richesse d'un sol en argile de bonne qualité et en humus est positivement révélée par le mouron blanc. Les adonis indiquent des sols qui ne sont pas saturés en pesticides. En grande quantité, le pissenlit permet d'identifier négativement un sol compacté ou engorgé en matière organique d'origine animale. Le surpâturage provoque la densité du trèfle blanc. Le rumex à feuilles obtuses est signe d'un sol engorgé en eau et en matière organique, asphyxié. Et l'ambroisie, qui pousse seule dans les zones désertiques, révèle la mort du sol.

Anselme observait attentivement tous ces signes. "Dans mes parcelles, j'ai souvent des plantes qui signent la sécheresse. C'est parce que je passe toujours mes lames ou mes Rolofaca en conditions sèches, pour ne pas tasser les sols. En bougeant la terre dans un moment très sec, j'apporte un élément oxygène, et les graines dont la levée de dormance se fait en condition de sécheresse se mettent à germer. C'est naturellement autre chose pour un sol qui a été traité chimiquement pendant des années. En 2003, lorsque j'ai repris la vigne du Mesnil, pendant un an, il n'y a quasiment pas eu de manifestation de végétal. Et ensuite, les végétaux qui se sont manifestés étaient des végétaux à racines pivotantes, de la famille de l'oseille, du persil, des carottes, qui indiquaient une terre compactée, mais pas empoisonnée. Dans ce cas, j'aurais vu du liseron. Trois ans après avoir repris le travail des sols, j'ai retrouvé les fleurs qui avaient leur place dans ces lieux : le myosotis et le mouron. J'ai laissé faire la nature pour redonner vie à cette parcelle, avec la conviction que lorsque l'homme veut intervenir, il y va souvent trop brutalement. Il utilise des outils aratoires, des griffes piocheuses, des bêches à dents, des lames de sarclage. Ce vocabulaire nous indique que l'on est dans quelque chose d'agressif. La nature a la capacité de revivre seule. Partie d'une pierre, elle arrive à la terre. Puis de la terre, à l'arbre. Laissons faire la nature. Elle est moins faible qu'on ne le croit. Et beaucoup plus douce, plus équilibrée, plus adaptée à ses propres besoins qu'on ne le pense généralement. J'aime l'idée de voyage en pays inconnu. Lorsqu'on arrive d'une autre civilisation, on peut se comporter de deux façons. Soit en colon, en décidant qu'on est le chef puisqu'on vient de l'Occident et qu'on possède la science, la technique et que les autochtones sont des idiots qui ne savent rien et qu'ils doivent se soumettre et nous écouter. Soit on se présente humblement pour intégrer une autre société."

Anselme Selosse avait fait beaucoup de choses différentes dans sa vie. Il avait connu l'étourdissement des paysages, l'amertume des sympathies interrompues, comme dit Flaubert dans *L'Éducation sentimentale*. En 1977, il avait donné une année de cours au lycée viticole d'Avize. "16 heures par semaine", se souvenait-il. Il avait parfois essuyé des revers. Mais toute médaille à son obvers. "Le millésime 1988 a été refusé à l'agrément à deux reprises. Il a failli ne jamais exister. Le défaut qu'on lui reprochait était de sentir le « caoutchouc brûlé ». Je l'ai présenté une troisième fois et nous sommes passés de justesse.

Quand nous l'avons commercialisé, il a fait la première page de *La Revue du vin de France*." Jusqu'en 1989, la maison Jacques-Selosse vendait du raisin au kilo. Roederer faisait partie de ses clients. Au début des années 1990, Anselme a cultivé un domaine dans le Vaucluse, vinifié en rouge de la syrah, du carignan et du grenache ; en blanc de la roussane, de la clairette et du grenache blanc. Marcel Lapierre l'avait éclairé sur les macérations carboniques. "J'étais allé lui rendre visite à Villié-Morgon dès 1985. Je l'ai revu. J'aimais son côté anarchiste, quand il disait : « Si c'est pour faire comme les autres, à quoi bon ? » Il ne sortait pas d'une école. Il n'était pas formaté, il se posait des questions, il faisait sans cesse des essais, des recherches, des expérimentations nouvelles. Avec ses observations au microscope, Jules Chauvet lui avait permis d'avancer. J'étais encore prisonnier du savoir livresque qu'on m'avait inculqué à l'école : les levures sélectionnées, les antiseptiques, les antibiotiques. Marcel Lapierre apportait un regard différent sur la notion de distinction et de buvabilité." Dans le Vaucluse, six vendanges ont permis à Anselme Selosse de se faire une autre idée du vin. À l'époque, il a brièvement été membre de la Confédération paysanne de José Bové. Il a fini par se lasser des discours sans suite. Son expérience dans le Vaucluse a pris fin en 1998. De retour à Avize, il s'est entendu dire que certains de ses vins avaient des "défauts rédhibitoires faisant déshonneur à la Champagne". Sans cesse, il a congédié la tristesse et la crainte, fidèle à son étoile, attendant le jour où il aurait plaisir à se souvenir de ces épreuves en riant. Sa route de vigneron, sa route d'homme a été un long chemin de hasards et de périls qu'il a suivi sans se laisser intimider. "Ma conception assez sombre des œuvres de l'homme, mon côté calviniste, m'ont protégé. Je me méfie de ce que l'humain peut inventer. Un psy qui l'avait compris me demandait pourquoi je pensais toujours au pire. Mais c'est tout simple ! Je pense au pire pour ne pas me trouver dépourvu le jour venu et pour me protéger de tout ce qui pourrait me surprendre dans mon travail quotidien. J'aime être en situation de réponse. Ce qui ne veut cependant pas dire que j'envisage que le pire va systématiquement arriver." Anselme avait inventé Substance, il avait inventé la bulle carrée, il avait rêvé de produire un pétillant naturel en Champagne. Il n'avait pas fini d'en inventer. "Je veux aller au bout en montrant tout ce que la vigne peut donner. Avec mon vin, j'ai produit du vinaigre. Demain, je produirai peut-être de l'huile de pépin de raisin. J'ai déjà fait des essais. Avec les cendres des sarments, je veux produire de la bulle, mais pas n'importe quelle bulle, de la bulle de savon ! Lorsqu'on est vigneron, on n'a pas toujours la notion du temps. Pour moi, 1996 c'était hier. 1988, un peu moins, mais 1989, l'année de naissance de Guillaume, je m'en souviens très bien : le 22 juillet, c'était un lundi, il faisait très sec et il y avait eu un gros orage. En 1976, il y a eu un orage le 14 juillet. Il y a des événements que je revois ainsi comme si c'était hier. Un demi-siècle de travail s'est écoulé comme s'il s'agissait d'une longue décennie. De temps en temps, en débouchant un vieux millésime, je me rends compte que du temps a passé. Je me demande quel âge j'avais à cette époque. Je me replace dans le cours du temps en retrouvant une époque au cours de laquelle je n'étais pas dans les mêmes conditions d'esprit et de travail. Cela me rend à la fois fier du chemin parcouru et un peu mélancolique. Ce que fut ce vin et ce qu'il est aujourd'hui me dit ce que je fus et ce que je rêvais d'être."

"Jamais plus nous ne boirons si jeunes", écrit Guy Debord en son *Panégyrique*.

Il l'avait dit. Très tôt, de jeunes vignerons champenois en quête de pratiques culturales en harmonie avec la nature étaient venus à Avize recueillir la parole vivante d'Anselme Selosse, établis chez lui pour quelques mois de stage ou simplement passés prendre conseil. Ils savaient ce qu'ils cherchaient et d'une certaine manière l'avaient déjà trouvé. Grâce au travail précurseur de vignerons ayant déblayé pour l'avenir dès la fin des années 1970 – François Dutheil de la Rochère au Château Saint-Anne à Bandol,

Marcel Lapierre à Villié-Morgon, Philippe Laurent au Domaine Gramenon dans les Côtes-du-Rhône, Pierre Overnoy dans le Jura –, un esprit de liberté retrouvée avait conquis le vignoble français. Malgré tout ce qu'on leur avait appris à l'école, ces enfants de l'ère industrielle avaient compris que les merveilles de la viticulture moderne avaient pour objet principal de renouveler à l'infini les facteurs de production capitalistes – l'argent, la technologie, les cuveries, les *tasting rooms* – et non de trouver le secret d'un champagne fringant, aérien et délicat.

Qu'ils aient étudié dans un lycée où l'on préparait le baccalauréat professionnel conduite et gestion de l'entreprise vitivinicole (CGEVV) et le brevet de technicien supérieur agricole viticulture-œnologie (BTSA-VO) ou dans une faculté où était délivré le diplôme national d'œnologue (DNO), ils avaient pressenti qu'il y avait peu de techniques modernes qu'on leur avait enseignées qui ne pussent être éliminées : l'épandage d'engrais de synthèse sur des sols abandonnés, l'emploi d'herbicides, d'insecticides et de fongicides, l'utilisation de puissantes machines agricoles conçues par des ingénieurs prométhéens pour dominer la nature.

Ce qui n'empêchait pas, hélas, l'industrialisation du vignoble champenois de se poursuivre à toute allure. Dans les laboratoires d'œnologie, on parlait de cuves en inox thermorégulées, d'osmose inverse, de contacteurs membranaires et d'extraction innovante. Au cœur d'une cuverie high-tech capable de produire 30 millions de flacons chaque année sans s'encombrer de travail vivant, il existait même une "infirmerie" où l'on envoyait les vins malades afin qu'ils ressortent en bonne santé. Par quel miracle, par quel artifice ? Avenue de Champagne à Épernay, les œnologues parlaient si bas lorsqu'on les interrogeait qu'il était impossible de les entendre. La Champagne était le monde du silence. Certaines données étaient conservées à l'abri d'un coffre-fort en haut lieu. Et les curieux refoulés. "Nous ne communiquons pas à ce propos", répondait-on invariablement dans les grandes maisons. Il était difficile de se renseigner sur les produits œnologiques dont les chimistes des arômes suggéraient l'usage en cuverie : levures synthétiques telles que la fameuse IOC18-2007 réputée pour la prise de mousse, acide tartrique pour donner de la fraîcheur à un jus un peu mou, glycérine pour lui donner du gras, enzymes pectolytiques pour faciliter le débourbage des jus lors de la vinification, cellulases pour dégrader la cellulose pendant la macération, glycosidases pour augmenter le potentiel aromatique des vins, lysozyme pour inhiber les bactéries lactiques et bloquer la fermentation malolactique, glucanases pour aider la filtration. N'en jetez plus ! L'objet de *Théorie de la bulle carrée* n'était pas d'être convoqué avec l'avocat d'Actes Sud devant le tribunal de grande instance de Reims pour dénigrement du produit champagne et affirmation sans preuves d'une tromperie à laquelle les vignerons de la région auraient participé – troisième personne du pluriel du conditionnel passé, monsieur, madame le juge.

"Ce qui est certain, tranchait Anselme c'est que je suis plus proche du naturel que de l'artificiel, du bidouillé, du maquillé." Du bidouillage ? Il était embarrassé d'écrire ce mot terrible. Car pour rien au monde il n'aurait voulu porter atteinte à l'honneur et à la considération des vignerons de Champagne et s'autoriser un abus de la liberté d'expression réprimé par la loi du 29 juillet 1881 sur la liberté de la presse qui concernait également l'édition. *Théorie de la bulle carrée* envoyé au pilon !

Il imaginait la joie mauvaise des ingénieurs, des techniciens, des juristes, des financiers, des laborantins fous et des spécialistes de la communication dont il s'était moqué par le passé. Le *flying winemaker* Michel Rolland aurait débouché un vieux flacon de Dom Pérignon pour fêter ça. Un entrefilet publié dans *Les Échos* aurait expliqué qu'il avait cessé de nuire. Les responsables de la rubrique vin du quotidien économique avaient déjà descendu un de ses livres, ils étaient prêts à en torpiller un deuxième. Mais il ne voulait pas revivre les malheurs de son ami Christian Authier, l'auteur de *Boire pour se souvenir*, traîné devant les tribunaux pour diffamation, en première instance puis en appel, après avoir osé écrire, dans un hebdomadaire toulousain, que le cahors bodybuildé qui faisait la fierté du président d'un groupe de luxe était de la piquette chimique. Le patron courroucé et son armada de juristes s'étaient pourvus en cassation avant de se rétracter, par peur du ridicule. Car en appel, Christian Authier et le directeur de publication de son journal avaient été relaxés. L'affaire avait fait jurisprudence. Au cours de leurs délibérations, les juges s'étaient souvenus que la critique est encore libre dans ce pays. Les plus gourmands d'entre eux savaient peut-être que le processus d'élaboration d'un vin est toujours chimique, même lorsqu'il est produit avec du raisin de table foulé aux pieds dans une jarre en terre cuite descendue au fond de la cave et oubliée pendant l'hiver le temps d'une fermentation alcoolique d'un genre un peu particulier. Il avait des amis qui s'étaient essayés à cette chimie. Au printemps, la dégustation du fruit de leur travail les avait transportés sous le règne de Philippe Le Bel. C'était de la piquette, mais ça se laissait boire. Qui croira le mot si sournois ? Selon Antoine Furetière en son *Dictionnaire universel* de 1690, la piquette est "un méchant vin qu'on donne aux valets".

Il est étonnant que l'homme d'affaires qui avait poursuivi Christian Authier ne s'en soit pas souvenu, lui qui avait des domestiques à son service. Ne leur faisait-il jamais l'honneur de son vin à leur ordinaire ? Ce jus possédait pourtant toutes les qualités qui faisaient pousser des hurlements de joie à Robert Parker et aux gens de sa suite : il était boisé, charnu, épicé, intimidant, avec du gras, de l'ampleur, des tanins bien asséchants, des arômes de pruneau, de poivre, de cassis. "Structure de la banane verte et goût de vernis à ongles", avait un jour tranché Bento Mineiro, un ami brésilien un peu taquin. Le grand patron chiffonné négligeait manifestement le matériel humain employé dans son domaine, ému par le rigaudon d'acier des robots de pigeage qui touillaient le moût dans son chai hypermoderne. N'importe !

Cela faisait longtemps qu'il avait compris qu'il était inutile de parler de vin avec les heureux du monde. Dans le fond, ces pompeux ne méritaient pas de boire. Jouissant de la tromperie d'un songe agréable, ils s'imaginaient tout posséder, même ce qui ne s'achetait pas : la sensibilité, le goût, la joie, la délicatesse, l'intuition, la patience, l'esprit de finesse. Dormez votre sommeil, riches de la terre, buvez du Château Lagrézette et demeurez dans votre poussière !

Ignorant les gens qui trafiquaient le vivant, il voulait se souvenir des belles choses. Raconter l'émerveillement des jeunes vignerons venus à Avize comme on va boire à la source. Pour ne rien oublier de la révolution agricole en cours entre la montagne de Reims et la côte des Bars, pour se souvenir des événements qui s'étaient produits en Champagne à la rencontre de deux siècles comme au confluent de deux fleuves, il voulait écrire ici les noms des vignerons d'Avize arrivés en voisins, ainsi les frères Pascal et Vincent Assailly, Richard Petit, Denis Varnier ou Jean-Philippe Waris, qui souhaitait cultiver ses vignes en biodynamie au moment où Anselme Selosse tournait la page. "C'est lui qui a mon dynamiseur", expliquait le vigneron qui n'avait rien d'un agent de police, avec le sifflet dans la bouche et un képi vissé sur le crâne.

Son abandon de la biodynamie n'avait posé nul interdit à qui que ce soit. "Fais comme tu le sens", avait expliqué Anselme Selosse à son fils Guillaume en 2008, lorsque celui-ci avait vinifié pour la première fois le chardonnay récolté à Cramant sur une parcelle de 7,6 ares baptisée Au-dessus du Gros Mont que sa grand-mère lui avait offerte pour ses dix-huit ans. "Comme tu le sens." En se souvenant de cet avertissement à son fils, on aura compris que la viticulture selon Anselme Selosse ne ressemblait pas à la peinture selon Léonard de Vinci : elle n'était pas fille de l'esprit, chose mentale. L'acte de connaître ne consistait pas pour Anselme à découper le monde en compartiments cloisonnés et à le réduire à des concepts. La connaissance était toujours un contact avec le réel par le moyen des sens. Écoutez voir, comme aux premières pages de *Théorie de la bulle carrée*. Buvez et sentez. "Dans la cave, je retrouve la même notion de contemplation que dans la vigne. Déguster, ce n'est pas comparer un millésime avec les précédents ou son vin avec celui du voisin. Déguster, c'est contempler. Je m'impose le respect du temps propre d'un vin, sans m'immiscer dans son évolution, de même que je ne vais pas m'immiscer dans l'évolution de la vigne. Il y a cette même notion de vivre avec. Avec la vigne, avec le vin, le bonheur ne va pas se trouver dans l'intervention, mais au bout du chemin, au moment de la dégustation. En ayant toujours en tête que ce sera peut-être une seule fois dans sa vie. Ce qu'on va éprouver, l'état de réception dans lequel on va se trouver et la symbiose qui va se créer ne se reproduiront peut-être jamais. Je ne dis pas que c'est de l'extase. Mais il y a des moments où il faut être libre d'absorber et de se souvenir."

"J'aime que mon vin ait le goût de l'eau minérale", expliquait Anselme Selosse. Cette confidence avait le don de laisser ses auditeurs sans voix. Dans la bouche du vigneron, il avait aussi été entendu cela : "Je n'ai rien contre l'idée de vin naturel, mais ce qui m'intéresse, c'est l'idée d'eau de roche, la notion de transparence."

Anselme Selosse n'aimait guère les gourous, les techniciens, les "sachants trop bien". "La connaissance scientifique doit être modeste. Ce qu'un scientifique fait aujourd'hui, un autre scientifique le déferra demain. C'est pourquoi je ne parle jamais de progrès, mais d'exploration, de cheminement. À tout moment, le demi-tour doit être possible, comme lorsqu'on s'aventure dans une forêt. Il faut toujours être prêt à abandonner un geste ou une pratique qu'on a cru bons et qui se sont révélés inadaptés. Je ne suis pas certain d'adhérer aux théories de la sélection naturelle et de l'évolution. Je crois même qu'il y a chez moi quelque chose d'un anti-Darwin. Rien n'est linéaire, le temps qui passe n'est pas une flèche dirigée vers un but. Toute ma vie, j'ai voulu m'assurer la possibilité de me tromper et de revenir en arrière."

Flux et reflux, tours et détours, voilà la petite philosophie de la matière et du temps qu'avait élaborée Anselme Selosse à l'écoute de la nature et du vin qui chantait dans ses barriques. Cette aventure singulière méritait d'être retracée. À sa suite et non pas à son école – un mot que le vigneron détestait –, *Théorie de la bulle carrée* avait pour ambition de faire entendre une parole libre, d'évoquer le vent de joie, de folie, de liberté qui soufflait sur le vignoble champenois depuis le début des années 2000. "Ce n'est pas une révolution mais une prise de conscience à la fois des grandes marques et des vignerons. La Champagne ne conçoit plus sa croissance uniquement par l'augmentation du nombre de bouteilles produites, mais par la valorisation de son patrimoine en recherchant l'excellence et la valeur. Les ventes se sont repliées en nombre de bouteilles mais le chiffre d'affaires a été maintenu. Il y a une clarification. De plus en plus de viticulteurs renoncent à produire des bouteilles de champagne pour se consacrer à la vente au kilo. La Champagne a étoffé son offre. Auparavant, il n'y avait que les grandes marques pour offrir savoir-faire, sécurité, sérieux, tradition, antériorité, réputation. Désormais cette offre est complétée par la proposition des vignerons indépendants : authenticité, artisanat d'art, sensibilité, cousu main."

Comme tout homme supérieurement qualifié, Anselme avait des ennemis. Des jaloux, des gens aux arguments de mauvaise foi : "Je n'achète pas du champagne pour boire du bourgogne." Au tournant des années 2010, c'était l'ultime argument des détracteurs du domaine Jacques-Selosse. Les vins de la maison permettaient pourtant de retrouver quelque chose qui n'avait rien de bourguignon : la craie blanche et vibrante, le souvenir salé des coccolithes, ces algues microscopiques du Crétacé.

Dans sa *Théorie*, il voulait également faire résonner les silences d'Anselme. Persuadé qu'on est davantage regardé qu'écouté, ce dernier préférait faire à dire – et pour faire, il n'était pas nécessaire de parler, les mots n'ajoutant rien aux choses. Le vigneron aimait surprendre, persuadé qu'un homme libre n'était jamais là où on l'attendait. On l'aura deviné. Les silences d'Anselme n'étaient pas des silences de commerçant. Ils ne consistaient pas à taire ce qui ne pouvait pas être avoué. C'étaient des intervalles de mystère qui invitaient ses auditeurs à mettre eux-mêmes les mots manquants, selon leur humeur et leur goût. "Ni virgule ni suspension simplement le silence qui entoure la vieille horloge", murmure le poète belge Jean-Claude Pirotte dans *Passage des ombres*. On posait beaucoup de questions à Anselme Selosse, il en entendait certaines mais n'avait pas la prétention exagérée de répondre à toutes. À ses visiteurs pressés de remplir leur musette de réactions, d'explications et de solutions – quand ce n'était pas d'oracles – le vigneron offrait les pièces d'un puzzle et les laissait libres de les assembler eux-mêmes, en commençant par le centre ou par les contours. En Champagne, où rien ne comptait davantage que la règle, la méthode et la mesure, dans cette terre viticole où l'ennemi avait pour nom l'imprévu, l'accident et la surprise, il transmettait l'art du lâcher-prise. Pour Anselme, "contrôler" était l'un des verbes les plus grossiers de la langue française. Il était ainsi une expression qu'il refusait farouchement chez le René Descartes du *Discours de la méthode*, c'était celle qui prétendait faire de l'homme le maître et possesseur de la nature.

"Oui, parce que l'homme qui se croit maître et possesseur de la nature va normaliser. Il va réduire la nature à ce qu'il en attend et il ne va plus faire que reproduire ce geste. L'aspect aléatoire ne sera plus présent. En fait, on aura tout perdu."

Il n'avait pas écrit le nom de Descartes dans ce livre, par hasard. Ce qu'il voulait, avec sa *Théorie de la bulle carrée*, c'était mêler beaucoup de choses à la description du geste agricole d'Anselme Selosse et à l'éloge de ses vins, ne pas négliger la littérature, la philosophie et les paysages de la terre, accepter les intuitions telles qu'elles venaient, dans le désordre, quitte à donner un aspect erratique à cette révélation discursive du réel à la fois objective et subjective. Car une théorie, selon son cœur c'était aussi, c'était surtout une réflexion sur l'essai comme forme.

Chez Anselme Selosse, comme naguère chez Marcel Lapierre, le sentiment de la nature était âpre, ordonné. Il évoquait davantage celui des cisterciens qui avaient planté les vignes de la Romanée-Conti au XVe siècle que celui, un peu vague et souvent confus, des promeneurs romantiques allemands du XIXe siècle. "Certains peuvent également être tentés de renvoyer ce sentiment au slogan « La terre, elle, ne ment pas ». Je l'ai entendu", lui avait un jour expliqué Anselme Selosse.

Il lui avait répondu : non ! En France, les chantres de la pensée mécanicienne disqualifiaient ainsi leurs adversaires avec des comparaisons impliquant Vichy. On ne pouvait pas se laisser abuser. Car c'étaient des modernes qui présentaient l'idéologie de Vichy comme profondément antimoderne, obsédée par le passé agricole de la France, la terre et les paysans. À regarder de près les expériences menées dans les années 1940-1944, l'on observait surtout des hommes fascinés par la société industrielle, son mode de production et sa rationalité instrumentale. Dans la continuité des dernières années de la IIIe République et avant les Trente Glorieuses, le régime de Vichy avait été un champion de l'agriculture productiviste. C'est une vérité que ne soulignaient guère les manuels d'histoire. Et pourtant. L'ambition des technocrates qui s'agitaient autour de l'Hôtel du Parc était de combler le retard de l'agriculture française sur l'Allemagne à l'aide de chimie lourde pour fournir le tonnage de céréales réclamé par l'occupant. En Champagne, les nazis exigeaient également du vin : les historiens évaluaient à presque 100 millions de bouteilles l'allocation d'un genre un peu particulier qu'ils s'étaient fait octroyer sous l'Occupation. En la personne de René Bousquet, nommé préfet de la Marne en septembre 1941, ils pouvaient compter sur un homme attaché à satisfaire les besoins de la Wehrmacht en rafraîchissements dans le cadre d'une collaboration "loyale, respectueuse des intérêts de chacun". C'est sous son patronage que le Comité interprofessionnel du vin de Champagne (CIVC), créé dans l'esprit dirigiste et planificateur des technocrates de Vichy, fut présenté à Épernay le 10 juillet 1941.

Très loin de l'écologie politique apparue en Europe au lendemain de la publication du rapport sur les limites de la croissance par le Club de Rome en 1972. Il était donc malhonnête de la renvoyer au slogan "La terre, elle, ne ment pas", mis dans la bouche de Philippe Pétain par Emmanuel Berl dans un discours du 25 juin 1940 – dix jours à peine après l'étrange défaite, la capitulation honteuse et le consentement subséquent à la volonté de puissance nazie. Bien que fils d'un couple d'agriculteurs du Pas-de-Calais, le rusé Pétain ne fut jamais le "paysan" qu'il aimait dire. "Il n'a jamais travaillé un jour de sa vie", ironisait le général de Gaulle. Vichy, malgré les images d'Épinal mises au service du Maréchal et tout le baratin sur les corporations, ce fut le temps des technocrates, dans l'agriculture comme ailleurs. Admirateurs de l'organisation allemande, les polytechniciens de Vichy rêvaient d'une agriculture planifiée, dirigiste et productiviste. L'objet de la "ridicule dictature agricole du maréchal Pétain" était l'avènement d'une France devenue le "paisible potager de l'Europe totalitaire et chargée de ravitailler en légumes frais les ouvriers des gigantesques usines allemandes", ainsi que l'avait compris Georges

Bernanos dès juillet 1940*. Pierre Caziot, le ministre de l'agriculture du gouvernement Laval, n'était pas par hasard un ingénieur agronome. Malgré les discours destinés à endormir un monde paysan qui fut majoritairement résistant – le peuple des campagnes a spontanément caché les juifs, aidé par les châtelains, comme l'héroïque Germaine L'Huillier, la grand-mère de Charles de Courson, député de la cinquième circonscription de la Marne – les commis de Vichy ne rêvaient ni de polyculture familiale, ni de petites unités de production, ni d'agriculture biologique avant l'heure. Dans les expositions sur les progrès agricoles, ce sont des fermes modernes équipées de machines que l'on présentait à la population. Le rêve des fameuses fermes de 1 000 vaches qui terrifiaient si justement Alain Finkielkraut était né à cette époque. Le corpus idéologique de Vichy était disparate, avec des éléments contradictoires. Mais la ligne générale, tracée par des ingénieurs, des banquiers, des industriels et des inspecteurs généraux des Finances – Jean Bichelonne, Jean Berthelot, François Lehideux, Pierre Pucheu, Robert Gibrat, Georges Lamirand, Robert Loustau, Henri Lafond, Louis

* Georges Bernanos, "La France potagère" et "Les causes de la déroute" *in Le Chemin de la Croix-des-Âmes, Essais et écrits de combat, II*, Gallimard, Bibliothèque de la Pléiade, pp. 233 et 241.

Formery, Pierre de Calan –, était technocratique et modernisatrice. Tous ces gens n'avaient pas été passés par les armes à la Libération. Mais leur œuvre d'assimilation de la nature à un assemblage de matériaux et de fonctions avait été perpétuée sous la IVe puis la Ve République : encadrement normatif du monde paysan, rationalisation et mécanisation du travail agricole, remembrement des terres, priorité accordée aux oléagineux. La FNSEA n'avait pas par hasard hérité des structures et du monopole de la Corporation paysanne.

C'est toute l'agrochimie moderne et toute l'agriculture européenne d'aujourd'hui qui a vu le jour dans les années 1940-1950. Il ne fallait pas se laisser intimider : le vichysme fut un modernisme. Certes un "modernisme réactionnaire*", comme a pu le dire l'historien américain Jeffrey Herf à propos du culte délirant des nazis pour la technologie la plus avancée. Mais un modernisme quand même.

Voilà ce qu'il avait pensé : c'était un comble d'avoir réussi à disqualifier la noblesse du lien charnel que l'on pouvait entretenir avec la terre en convoquant sans cesse l'ombre de Vichy et de sa révolution de ratés. La vérité de la terre, son

* Jeffrey Herf, *Le Modernisme réactionnaire. Haine de la raison et culte de la technologie aux sources du nazisme*, traduit de l'anglais par Frédéric Joly, L'Échappée, 2018.

incapacité à mentir, était pourtant une évidence pour les vignerons qui s'y collaient. Il se souvenait de cette confidence de Jean-Christophe Comor, établi dans le Var où il produisait des vins souples, fruités, élégants, pleins de la fraîcheur de l'aube, de la pensée de midi et de l'harmonie du soir. "En tant que vigneron, je me sens plus à l'aise pour parler de mon pays. Je le comprends de mieux en mieux dans le rapport qu'il entretient avec la terre. Je me sens plus libre mais surtout plus légitime pour parler de lui. La terre est toujours une source d'espérance. On ne peut pas la travailler sans être plein d'espérance. Cela a changé mon rapport au monde, à la vie, au quotidien."

Retour en Champagne. Un samedi de juin sous un ciel mouillé, en traversant la Brie crayeuse aux plateaux fertiles favorables aux cultures céréalières pour se rendre au domaine Jacques-Selosse par la départementale 11, le cœur plein d'allégresse, il s'était souvenu qu'une petite heure de route séparait Avize de Château-Thierry, la ville natale de Jean de La Fontaine. C'était une heure qu'il convenait de retenir seconde par seconde, en roulant paresseusement à travers les bois et les champs, les prairies et les forêts jusqu'au rebord en forme de talus qui limitait à l'est le massif tertiaire de l'Île-de-France. Il fallait admirer les paysages façonnés par la Marne et peignés par l'homme, parsemés de villages, de châteaux, de lavoirs et de maisons de meulière aux toits d'ardoises grises ou de tuiles roses. Au bout de la route, les vertes collines de vignes surgissaient comme par enchantement. Quelque chose de léger, de français, d'enfantin, flottait sur l'est du Bassin parisien où l'on s'était tant battu au début de la Première Guerre mondiale. Charles Péguy, le poète qui avait célébré "et la vigne et le blé et la moisson et la vendange", était tombé à Villeroy, à 40 kilomètres à l'ouest de la Ferté-sous-Jouarre, le 5 septembre 1914, premier jour de la bataille de la Marne. "Heureux ceux qui sont morts, car ils sont retournés dans ce premier terreau nourri de leur dépouille, dans ce premier caveau, dans la tourbe et la houille. Heureux les grands vaincus, les rois désabusés."

À la description du geste agricole d'Anselme Selosse et à l'éloge de ses vins, *Théorie de la bulle carrée* devait mêler beaucoup de choses, et notamment de la poésie. Des vers de Guillaume Apollinaire, sous-lieutenant poète qui s'était battu en Champagne – "Le maître d'hôtel leur verse un champagne irréel qui mousse comme un escargot ou comme le cerveau d'un poète" – et de Paul Claudel, le poète né à 60 kilomètres au nord-ouest d'Avize : "Je danse dans l'ébullition de la source comme un grain de raisin dans une coupe de champagne." La Fontaine, le voisin de Château-Thierry, avait quant à lui fixé pour l'éternité le programme de *Bucoliques* sans cesse recommencées : "Errer dans un jardin, s'égarer dans un bois, se coucher sur des fleurs, respirer leur haleine, écouter en rêvant le bruit d'une fontaine, ou celui d'un ruisseau, roulant sur des cailloux, tout cela, je l'avoue, a des charmes bien doux." Anselme Selosse avait eu l'occasion d'éprouver ces charmes bien doux. Contre René Descartes, et sa réduction de l'homme et de la nature, le vigneron, qui ne doutait pas que ce monde ait un cœur, était spontanément du côté de l'auteur des *Fables*. Persuadé que l'homme était l'habitant, et non le concessionnaire de la planète, il ne considérait en aucun cas la création comme une grande machine, et ne se résignait pas à réduire le monde vrai au "possible" – car le monde dans lequel il vivait en harmonie n'était pas simplement possible – il était là, donné, tel un feuillage de l'âme à la couleur tendre. À la vigne et en cave, de longues heures de contemplation solitaire lui avaient permis de comprendre que la relation au sensible était la condition même de l'homme.

Le merveilleux n'avait pas été chassé de son univers où l'on ne trouvait pas davantage de robots que d'animaux-machines ou de plantes-machines. Durant l'été 2017, une année rugueuse pour les vignerons français, la lecture de *La Vie secrète des arbres* du forestier allemand Peter Wohlleben* l'avait même invité à prêter une

* Peter Wohlleben, *La Vie secrète des arbres, ce qu'ils ressentent, comment ils communiquent*, traduit de l'allemand par Corinne Tresca, Les Arènes, 2017.

attention nouvelle aux manifestations de sensibilité et de sociabilité du règne végétal. Cet ouvrage rendait humble face à la nature. On y apprenait que les arbres vivaient très bien sans les hommes, qu'ils étaient capables de communication et d'auto-organisation, notamment grâce à la vie du sous-sol quadrillé de millions de kilomètres de filaments de champignons qui avaient le don de transporter des informations d'un arbre à l'autre. "La forêt crée elle-même son milieu idéal", expliquait Peter Wohlleben qui montrait, observations à l'appui, que les arbres avaient un comportement social. Il apparaissait au forestier allemand qu'il existait des forêts heureuses et des forêts malheureuses, celles-ci endurant l'équilibre fragile et illusoire imposé par l'homme, celles-là s'épanouissant dans l'harmonie. À suivre l'auteur de *La Vie secrète des arbres*, on apprenait que les plantes communiquaient entre elles par le moyen de signaux électriques, qu'elles soient ou non recouvertes d'écorce. Des messages très lents à l'heure de la communication en temps réel, mais des messages quand même : "L'impulsion ne se propage pas en millisecondes, comme chez nous, mais à la vitesse d'un centimètre par minute." Fondée sur des observations empiriques auxquelles des chercheurs s'employaient à donner une base scientifique, cette conviction que les arbres possédaient une aptitude à ressentir des émotions était repoussée par les universitaires formés à l'école de Descartes et de ses successeurs, apôtres de l'idéalisme transcendantal peu doués pour regarder le monde. Peter Wohlleben s'en désolait : “Ils contestent le rapprochement avec des situations similaires chez les animaux, notamment parce qu'il tend à effacer la frontière entre le monde végétal et le monde animal. Et alors ? Serait-ce si terrible ? La division entre végétal et animal est un choix arbitraire essentiellement basé sur le mode de nutrition : l'un pratique la photosynthèse, l'autre ingère des organismes vivants.” L'analogie entre les forêts et les sociétés humaines, la communication entre les arbres par le moyen de leur feuillage et de leur système racinaire, la solidarité entre les générations et l'aide apportée aux jeunes pousses par les vieilles branches n'aurait pas étonné La Fontaine, lui qui a fait dialoguer *Le Chêne et le Roseau* pour moquer la vanité annonciatrice de destruction du premier. Dans la manière qu'elle a de mettre en scène la fragilité des grands et la résistance des humbles, cette péroraison du premier livre des *Fables* était tout à fait dans le goût d'Anselme. Le vigneron savait que le rapport du fort au faible n'était pas toujours celui que l'on croit. Hélas, l'homme s'employait à inventer des outils capables d'inverser ce rapport.

À ce propos, il avait récité à Anselme la fable intitulée *La Forêt et le Bûcheron*. Elle donnait une image terrible de la technique s'affranchissant de ses liens avec la nature pour aller au bout d'elle-même, mue sans cause ni but, abandonnée à son propre mouvement. Quand il n'a pas affaire à Mercure, messager des dieux et du destin, le bûcheron, dans *Les Fables*, est un être de redoutable majesté, à la fois pathétique, sacrilège et terrifiant. Celui-là est impatient de mourir, écrasé par son labeur, cet autre rase une forêt. On imagine l'enfant La Fontaine observant avec effroi les travaux de bûcheronnage du côté de Château-Thierry. La cognée des forestiers était autant une arme qu'un outil. Devenu maître des eaux et forêts à Château-Thierry, son épouvante n'avait pas cessé. Personnage mythologique, le bûcheron était à la fois l'ami des arbres lorsqu'il prélevait le bois avec conscience et le bourreau de la forêt lorsqu'il perdait de vue la sagesse de l'homme dont le geste ajoute à la nature sans la supprimer. Ainsi celui du douzième livre des Fables. "Un bûcheron venait de rompre ou d'égarer / Le bois dont il avait emmanché sa cognée." Une unique branche, prélevée avec l'accord des "doux ombrages", lui permet de réparer cette perte. Hélas, le geste de ce scélérat se libère de la crainte sacrée et du sentiment de piété convoqués par Pierre de Ronsard dans son poème *Contre les bucherons de la forêt de Gastine.* Il cogne, cogne, cogne, ne daignant plus se reconnaître comme un familier parmi les vieux chênes qui lui permettaient de gagner son pain. Son fer et son savoir-faire réquisitionnent la nature et la soumettent à son désir. Oubliant qu'il doit son outil à la forêt son amie, "Le misérable ne s'en sert / Qu'à dépouiller sa bienfaitrice / De ses principaux ornements. / Elle gémit à tous moments : Son propre don fait supplice." Ainsi La Fontaine, à travers ce tableau d'une forêt si brutalement dévastée, nous a-t-il laissé une parfaite image de l'élan de la technique et de son développement illimité dans l'âge de l'homme-machine cher à Descartes.

Cher La Fontaine ! Un vers dit la douceur de son humeur : "Je suis un homme de Champagne, / Qui n'en veux point au roi d'Espagne / Cupidon seul me fait marcher." Au soir de sa vie, il avait la réputation de trop aimer les plaisirs. Il n'était pas le seul à apprécier les vins clairets, parmi les gens de lettres. On ne se méfiait guère des maléfices de ce poison-remède. Seul Pascal, en ses *Pensées*, s'est interrogé sur la pertinence du proverbe latin attribuant au vin la vérité : "Trop et trop peu de vin. Ne lui en donnez pas, il ne peut trouver la vérité. Donnez-lui en trop, de même."

Autant que les vins de Beaune, réputés pour être les meilleurs du royaume de France et de Navarre, et que ceux d'Anjou, qu'Alexandre Dumas fera couler à flots dans *Les Trois Mousquetaires*, les écrivains du Grand Siècle connaissaient les vins de Champagne dont les mérites avaient commencé d'être distingués à la cour d'Henri IV et même un peu avant. Abraham de la Framboisière, le doyen de la faculté de médecine de Reims attaché à soigner le roi, vantait ainsi les mérites des vins d'Aÿ, "clairets et fauvelets, subtils, délicats, friands, d'un goût fort agréable au palais approchant à la framboise". Quatre siècles plus tard, le champagne Jacques-Selosse Lieux-dits La Côte Faron blanc de noirs Aÿ grand cru extra-brut avait lui aussi ce goût fort agréable qui faisait frémir les papilles de M. de la Framboisière.

Sous le règne des premiers Bourbons, les vins de Reims, d'Épernay et de Vertus, auparavant rangés dans la catégorie "vin français" avec les crus de Suresnes et ceux de l'Orléanais, ont été appelés vins de Champagne. Auparavant, le mot "champagne" ne désignait pas une terre à vin, mais une terre nue, pauvre, crayeuse et sèche avec des forêts coiffant le sommet des collines. Dans le langage populaire, le mot "champagne" désignait la plaine étendue à perte de vue. Le mot ne deviendrait le symbole même du luxe et du raffinement qu'au terme d'un long chemin.

Au Moyen Âge, nous apprend le géographe Roger Dion dans son *Histoire de la vigne et du vin en France des origines au XIXe siècle* publiée en 1959, les viticulteurs installés sur les côtes dominant la plaine champenoise n'étaient pas malheureux de voir ranger leurs vins, généralement des rouges légers, avec ceux d'Île-de-France. Depuis Henri Ier, premier Capétien sacré à Reims au début du XIe siècle, l'antique cité des Rèmes était une façon de capitale spirituelle du Très-Chrétien Royaume. “Le nom de France, auquel s'associait l'idée de séjour ordinaire du roi, jouissait, sur les marchés extérieurs, d'un prestige envié. On conçoit que ça ait pu être alors un avantage, pour les vins récoltés sur la lisière du massif oriental tertiaire, que d'être incorporés, pour la vente à l'étranger, au groupe des vins parisiens hautement et anciennement réputés sous le nom de « vins français » ; que d'être présentés aux consommateurs du Nord en même temps et, dirions-nous aujourd'hui sous la même étiquette que ce noble vin d'Argenteuil qui, dans *La Bataille des vins*, apparaît comme l'un des favoris du « bon roi Phelippe* »”. Cette *Bataille des vins*, dont on trouvait aisément le texte sur Internet, était un livre fascinant. Long poème composé au XIIIe siècle en vers octosyllabiques à rimes plates par le clerc normand Henri d'Andelli, il proposait une première distinction des terroirs champenois, en retenant Hautvillers, Épernay et Sézanne mais en rejetant Châlons-sur-Marne. Dans l'ancienne Gaule romaine, cette quête du génie des lieux avait occupé les hommes pendant mille ans, du Ve au XIIIe siècle, époque du triomphe de l'ogive, du vitrail et de la chanson de geste. Deux siècles plus tard, à l'orée de l'âge moderne, la presque totalité des

* Roger Dion, *Histoire de la vigne et du vin en France des origines au XIXe siècle*, CNRS Éditions, 2010.

terroirs viticoles remarquables avait été identifiée en France, tous à portée d'une grande voie de trafic, généralement un cours d'eau, comme l'a noté Roger Dion.

Parmi eux, les vignes de Reims et d'Épernay, qui allaient bientôt permettre aux paysans de la région de "ne semer ni moissonner" en vendant leurs vins noblement. Mais aucun des vieux écrits faisant mention des vins des coteaux champenois à la fin du Moyen Âge ne célébrait ni leur mousse ni leurs bulles. Pour cause. Le champagne tel qu'on le connaissait aujourd'hui n'avait pas encore été inventé – au sens de trouver, de découvrir des choses ignorées et peut-être même perdues depuis que le monde est monde. L'effervescence maîtrisée avait été introduite dans les années 1650-1660, elle s'était imposée au tout début du XVIIIe siècle. De très nombreuses hypothèses étaient avancées à ce propos. La mode serait venue d'Angleterre où les négociants achetaient en barriques un vin jeune qui n'avait pas terminé sa fermentation. Acheminés par la Marne et la Seine, mis en bouteilles à Londres et rangés en cave ces vins gazouillaient spontanément au printemps.

Ainsi, le premier *sparkling champagne* aurait-il été un pétillant naturel, pur, frais, sans sucre ajouté, sans dégorgement et sans artifices. Aux touristes avides de selfies qui s'enfonçaient dans les profondeurs pétillantes des caves de Reims et d'Épernay, on racontait également l'histoire du moine Dom Pérignon, le cellérier-intendant de l'abbaye bénédictine Saint-Pierre d'Hautvillers à la fin du XVIIe siècle, qui aurait introduit des bouteilles plus résistantes, des bouchons en liège et imposé l'utilisation de liqueur de fruits exotiques pour obtenir l'effervescence maîtrisée des vins.

L'hypothèse anglaise et l'hypothèse Dom Pérignon avaient l'avantage d'écarter l'idée d'un procédé venu d'ailleurs. Mais l'appareil de preuves faisait défaut et ces conjectures étaient désormais ruinées. Les historiens qualifiés* avaient établi que la tradition française des vins écumants était apparue plus tôt, au début du XVIe siècle, dans le Languedoc, du côté de Gaillac et Limoux, où des bénédictins de l'abbaye de Saint-Hilaire vinifiaient le mauzac, appelé blanquette, de manière à obtenir de l'effervescence par fermentation spontanée. D'un monastère à l'autre, la vinification avec prise de mousse printanière s'était répandue en France, et notamment du côté de Reims. Dans la Marne, on n'aimait pas se souvenir de ce cousinage historique avec des vins affublés de l'étiquette "mousseux". La craie locale avait été frottée à la savonnette à vilain et personne ne daignait reconnaître qu'au milieu du XVIIe siècle, le champagne dont la mousse régalait les buveurs nordiques était un pétillant

* Yves-Marie Bercé, *Les Secrets du vin*, La librairie Vuibert, 2018.

naturel obtenu par fermentation spontanée en bouteille. Du pet' nat' en Champagne ?

Pour Anselme Selosse, cela ne faisait pas l'ombre d'un doute. "À l'origine, l'effervescence était obtenue grâce à une reprise de la fermentation alcoolique qui n'était pas terminée. Au pied des Pyrénées, des Alpes ou du Jura, puis en Champagne, l'hiver arrivant, la fermentation alcoolique était arrêtée par le froid. Les levures reprenaient leur activité au printemps. Si le vin avait été mis en bouteilles entre-temps, la fermentation lui apportait du pétillant. Mais peu importe l'origine historique de l'effervescence. Ce qui me semble intéressant, c'est d'avoir la sensation, grâce à l'effervescence, qu'on amène une troisième dimension en bouche et qu'on a cette épaisseur, cette écume, cette matière tendue. Cette consistance varie sans cesse selon les conditions propres de l'année. Elle ne peut pas être standardisée. Il y a des bulles taille de guêpe, des bulles molles et des bulles carrées."

En 2005, le vigneron avait lui-même opéré un retour aux sources en vinifiant quelques hectos selon la méthode dite ancestrale. Les responsables de l'INAO d'Épernay, auxquels il avait écrit pour les informer de ses expériences, lui avaient répondu que la seconde fermentation après tirage en bouteille et adjonction de liqueur était une exigence de l'appellation : "La seconde fermentation spontanée est plus aléatoire. Elle conduit à une prise de mousse non maîtrisée."

Ce qui était un préjugé. Dix ans plus tard, la bulle de cette cuvée *off* qu'Anselme Selosse faisait déguster à ses visiteurs au domaine était droite, pure, élégante, pleine de distinction.

Les expériences du vigneron étaient rarement fortuites. Elles participaient d'une réflexion orientée. En obtenant l'effervescence sans liqueur de tirage, Anselme proposait une réponse au réchauffement climatique et à l'augmentation du titre alcoolique. "En Champagne, une fois le raisin amené à la cuve, la fermentation alcoolique transforme la totalité des sucres en alcool et en gaz carbonique. Au bout de quelques mois, on arrive à un vin sec dans lequel il n'y a plus du tout de sucre. Pour avoir une nouvelle fermentation alcoolique dans la bouteille, on ajoute du sucre : 24 grammes de sucre par litre pour obtenir une pression de 6 atmosphères à 10 degrés Celsius, soit 6 kilogrammes de pression. Cette méthode de production de gaz carbonique apporte la pression et la mousse mais s'accompagne d'une augmentation de la teneur en alcool de 1,4 degré. En 2017, nous avons rentré des vendanges d'une moyenne de 12,3 degrés. Si j'ajoute 1,4 degré, j'arrive à 13,7 degrés en moyenne. Ce qui veut dire que certaines cuvées vont dépasser 14 degrés. Est-ce raisonnable d'avoir 1,4 degré d'alcool exogène ? En faisant des recherches, j'ai découvert que le médecin et physicien français Jules Guyot, au XIXe siècle, jugeait que seuls les producteurs de champagne fainéants utilisaient l'adjonction de saccharose. Les autres employaient la méthode dite du guillage* : un appauvrissement du moût en azote en cours de fermentation et un arrêt de la fermentation alcoolique avant que les sucres ne soient totalement dégradés. Avant de chercher une réponse œnologique au réchauffement climatique par un changement de cépages, une réponse soustractive par extraction de sucre ou d'alcool dans le moût, ou pire encore, de ramasser des raisins pas mûrs, j'aimerais que l'on puisse expérimenter la méthode qui était utilisée il y a cent cinquante ans."

La naissance du champagne n'avait pas été une affaire aussi réfléchie, organisée, planifiée qu'on le racontait aux profanes. La réflexion, l'organisation et la planification étaient venues assez tard, au milieu du XIXe siècle, grâce à des familles allemandes installées dans la région, les Heidsieck, Mumm, Deutz, Krug et Bollinger. À ces noms aujourd'hui signalés dans le monde entier, il fallait ajouter celui de la famille Koch, oublié dans les livres d'histoire, mais non par Anselme et Corinne Selosse qui en étaient un peu devenus les héritiers, au printemps 2011, lorsqu'ils avaient ouvert

* Mot d'origine néerlandaise emprunté au vocabulaire de la brasserie. Technique consistant à laisser l'écume des moûts déborder de la cuve lors de la fermentation.

l'hôtel-restaurant Les Avisés dans l'ancien château Koch.

À l'origine, c'était un manque de place et un besoin d'espace supplémentaire dédié au vieillissement du vin qui avait amené Anselme à s'intéresser à ce lieu. Il cherchait des caves, et celles de l'ancienne maison de champagne Bricout-Delbeck, fondée à Avize en 1966 et fermée en 2003, correspondaient à ses besoins. Au-dessus de ces caves, se dressait un grand bâtiment édifié en 1820 par l'allemand Charles Koch, héritier d'une famille d'hôteliers de Heidelberg venu dans la région pour fonder une maison de champagne qui avait connu son heure de gloire sous la Monarchie de Juillet et le Second Empire avant de disparaître à la veille de la Première Guerre mondiale. En découvrant l'endroit, Anselme et Corinne n'avaient pas imaginé habiter cette vaste demeure néoclassique aux murs blancs qui évoquait les maisons bâties par les Anglais du côté de Saintes, Angoulême et Limoges, à l'âge d'or du cognac et de la porcelaine. On songeait aux maisons décrites par Jacques Chardonne dans *Les Destinées sentimentales*, trilogie romanesque admirablement adaptée au cinéma par Olivier Assayas ; ou au château de Bagnolet, la maison de réception des cognacs Hennessy. C'était ainsi qu'ils avaient décidé d'ouvrir dans l'ancien château Koch un établissement de luxe dédié à l'hôtellerie et à la gastronomie, baptisé Les Avisés.

Quel lieu ! Dans ses carnets, il conservait le souvenir ému de quelques dîners fins et de déjeuners de copains au restaurant Les Avisés où Stéphane Rossillon concevait pour vingt personnes un menu d'intuition et de caractère servi dans la grande salle à manger de l'hôtel par sa femme Nathalie. Avant d'officier aux Avisés, le chef avait travaillé pendant treize ans avec Anne-Sophie Pic à Valence. Le lundi 15 janvier 2018, c'est grâce à lui qu'il avait découvert le boudin blanc de Réthel, spécialité gastronomique ardennaise qui s'accordait merveilleusement avec le champagne. Ainsi le millésime 2005, qui alliait les arômes primaires du chardonnay au charme discret de la bourgeoisie. "Il ne faut jamais évoquer le vin en termes techniques, insistait Anselme, retrouvant une très ancienne intuition de Rabelais, qui regardait les sommeliers comme des « créateurs de formes nouvelles ». Les sensations doivent déclencher l'imagination." Le principe valait pour la cuisine, qui perdait de son secret lorsqu'elle était détaillée techniquement. Celle de Stéphane Rossillon évoquait l'amitié, la liberté, la franche camaraderie. Elle permettait de continuer à se souvenir et à apprendre à se souvenir. Le samedi 22 octobre 2011, il avait dîné de saumon mi-cuit, poireaux en pancetta, suivi de saint-jacques de Dieppe, épinards et safran et d'un chevreuil au chou rouge et aux pommes. Un sancerre 2005 d'Edmond Vatan, à la fois très mûr et d'une grande pureté avait accompagné le saumon et les saint-jacques. Avec le chevreuil, Anselme avait ouvert un rare flacon de sa cuvée Lubie, un coteau champenois qui avait le don de transporter le buveur émerveillé aux premières cerises. Le jeudi 26 septembre 2013, ils avaient parlé du Japon, avec Anselme. Le chef avait préparé un crumble de tomate et avocat, avec des herbes sauvages et des copeaux de thon cru, un pavé de bœuf grillé à la plancha avec des rates et des girolles poêlées et une tarte aux mirabelles parce que la Lorraine était voisine et que c'était la saison. Ils déjeunaient dans le jardin. Le champagne rosé, dégorgé en mai 2011, évoquait le prélude et fugue en *do* mineur de Jean-Sébastien Bach. Le bonheur était aux Avisés. Anselme parlait joliment de cette maison dont Corinne et lui avaient voulu faire un lieu de convivialité à la française, une invite à la rencontre et au partage. "C'est une maison qui a l'avantage d'avoir vue sur les vignes. Sur trois côtés, on peut observer le chardonnay et les activités viticoles saisonnières, les tracteurs, la fumée, les vendangeurs. La maison est bâtie à flanc de coteau. Elle permet d'avoir aussi bien accès à la montagne couronnée qu'à la plaine. C'est une situation idéale pour sentir que le champagne vient bien d'un lieu particulier. C'est un bâtiment situé au-dessus de la cave, où le vin a joué un grand rôle, mais pas uniquement. Le solide est important." Associé à la production de vin depuis deux siècles, le château Koch, devenu l'hôtel-restaurant Les Avisés, était un émouvant lieu de mémoire qui rappelait le rôle joué par les Allemands dans la naissance d'un mythe évoqué avec délicatesse par Jean-Paul Kauffmann dans *Voyage en Champagne*.

Anselme Selosse conservait ce livre dans sa bibliothèque avec *Le Jardin de l'âme* de Jean-Marie Pelt, *Le Sol, la Terre et les Champs* de Claude et Lydia Bourguignon, *Ma vérité sur la mémoire de l'eau* de Jacques Benveniste, *Théâtre d'agriculture et ménage des champs* d'Olivier de Serres, *Le Tao de l'écologie* d'Édouard Goldsmith, les trois tomes de *L'Encyclopédie des plantes bio-indicatrices, alimentaires et médicinales* de Gérard Ducerf et les *Cours aux agriculteurs* de Rudolf Steiner. Au début des années 2000, quand Alexandre Chartogne, héritier d'une lignée de vignerons établis à Merfy, dans la Marne, était stagiaire à Avize, la première chose qu'Anselme Selosse lui a demandé de faire, c'est de l'aider à ranger sa bibliothèque. Authentique ! Le jeune homme doué était venu à Avize pour percer les secrets de son aîné concernant le travail des sols, la vinification et l'oxydation maîtrisée des vins clairs. Et il s'était retrouvé au milieu des livres. Ce qui ne l'avait pas empêché d'aller faire un tour dans les vignes et en cuverie. Mais tout avait commencé par les livres. Parfait vigneron au sens où l'entendait Pline l'Ancien en son *Histoire naturelle*, Anselme Selosse aimait chercher le secret de l'univers dans les ouvrages anciens et modernes de quelques auteurs choisis. Il n'avait pas le souvenir d'avoir aimé la lecture lorsqu'il était à l'école, mais les livres lui avaient beaucoup apporté dans l'exercice de son art. Il fallait savoir entendre ses recommandations de lecture.

C'est grâce à Anselme, se souvenait-il en reprenant les notes préparatoires de *Théorie de la bulle carrée*, qu'il avait découvert les travaux de l'agronome japonais Masanobu Fukuoka, grâce à lui qu'il avait lu *La Révolution d'un seul brin de paille* et *L'Agriculture naturelle, théorie et pratique pour une philosophie verte*. Mort en août 2008 à l'âge de quatre-vingt-quinze ans, Masanobu Fukuoka était un philosophe-paysan japonais qui avait tenté d'apprendre à ses contemporains à effacer les catastrophes de la société industrielle en revenant aux sources mêmes de la civilisation paysanne dans une espèce de corps-à-corps amoureux avec la terre. Limiter autant que possible les interventions humaines pour laisser faire la nature : voilà toute la philosophie du non-agir de Masanobu Fukuoka. Anselme Selosse l'avait adoptée en faisant en sorte qu'elle soit une pensée vivante, jamais une coquille aussi dure que de l'acier

En février 2004, à l'occasion d'un premier voyage au Japon, le vigneron avizois avait même eu le privilège d'être présenté à l'agronome nippon. "J'avais entendu parler de lui par l'Italien

Francesco Batuello, ami de Fredy Girardet, le chef suisse du Restaurant de l'Hôtel de Ville à Crissier. Francesco Batuello est un gastronome étonnant, qui a tout vu, tout lu, tout bu. Il n'est pas considéré par hasard comme le meilleur gourmet du monde par les Américains. Dans les années 1999-2000, lorsqu'il m'a parlé de Masanobu Fukuoka, j'ai retenu son conseil et lu *La Révolution d'un seul brin de paille*. Quelques années plus tard, lorsque des clients japonais m'ont invité dans leur pays, je leur ai demandé s'il était possible de rencontrer Masanobu Fukuoka. J'avais un contact grâce à Yasuko Goda, la directrice de Racines, le plus grand importateur de vins naturels au Japon. Cette très grande dégustatrice connaissait Masanobu Fukuoka et allait me permettre de lui être présenté."

Lui, ça ne l'étonnait pas que toutes les portes se soient ainsi ouvertes devant Anselme Selosse à l'occasion de son premier voyage au Japon. À l'est des nuages, le vigneron était l'objet d'une vénération singulière. Entendons ce mot selon la définition du Littré : "Grand respect joint à une sorte d'affection." L'estime, l'admiration et la considération que l'on portait à cet homme n'allaient jamais sans un élan sensible, tant son caractère était attachant : de l'affinité, de la tendresse, de l'amitié.

Au Japon, la popularité d'Anselme avait été révélée par *Les Gouttes de Dieu*, le manga de

Tadashi Agi et Shu Okimoto consacré aux mystères du vin. Au fil des épisodes de cette bande dessinée diffusée dans le monde entier, le jeune Shizuku Kanzaki, en compétition avec l'œnologue Issei Tomine, devait découvrir en moins d'un an les douze vins présentés dans le testament de son père comme les douze meilleurs du monde. Shizuku avait ainsi la révélation de douze "apôtres", auxquels son père avait joint *in fine* un treizième et dernier flacon, le vin idéal*, baptisé "les gouttes de Dieu". Fins connaisseurs et bons buveurs, les scénaristes de ce manga avaient eu le don de faire alterner les bouteilles de grandes maisons avec les vins d'artisans-vignerons – et même avec quelques vins naturels, au grand désespoir des Longues Figures qui caporalisaient la sommellerie française. Dans la série, le champagne apparaissait dans le tome 12, avec un Krug rosé millésime 1983 ; dans le tome 13, on passait aux découvertes avec un blanc de noirs de chez René Jolly, un brut Les vignes de Vrigny de chez Egly-Ouriet et un blanc de blancs brut de chez Marc Hebrart ; et dans le tome 15, aux choses sérieuses avec une bouteille de champagne Jacques-Selosse millésime 1996 reproduite en couverture. Un de ses plus grands souvenirs !

* Il apparaît dans le tome 21 : Château Le Puy, bordeaux côtes de francs, 2003.

Fermé avec un élastique, son carnet à la couverture rouge conservait un souvenir ému de différentes dégustations de cette cuvée vinifiée et expédiée sans soufre : un fruit très mûr, qui équilibrait bien l'acidité marquée, une bouche droite et pure, avec quelque chose à la fois de très cristallin et de très rafraîchissant, des arômes vespéraux de miel, d'épices chaudes, de noix, d'herbes sèches, de pommes au four et de caramel au beurre salé. Ce blanc de blancs n'était cependant pas un "apôtre" dans le savant jeu de piste initiatique, œnologique et gourmand des *Gouttes de Dieu*. Pas plus que le flacon de champagne Salon dégusté par Shizuku Kanzaki, tome 26. L'unique champagne qui prenait place parmi les douze apôtres découverts par Shizuku Kanzaki et l'œnologue Issei Tomine dans le manga était la cuvée Exquise, reproduite en couverture du tome 27. Un cent pour cent chardonnay non millésimé en version sec, dont le dosage à l'expédition en sucre était de 24 grammes par litre. Un champagne qui ressemblait à ceux que l'on dégustait jadis dans des petits verres à liqueur à bord des paquebots de la Compagnie générale transatlantique. "Exquise est fait pour être bu par des dames en fin d'après-midi", expliquait Anselme Selosse, songeant peut-être à la Miss Marple d'Agatha Christie ou à la reine d'Angleterre.

À l'origine, ce champagne dont l'équilibre entre le fruit et la fraîcheur était frappant, avait été imaginé pour accompagner les desserts à base de fruits rouges. Pour avoir entendu des visiteurs japonais pousser des cris de joie tandis qu'ils en lampaient une dernière goutte au fond de leur verre, il pouvait affirmer que cette cuvée si peu semblable à ce qui existait partout ailleurs en Champagne était un mythe au pays du Soleil-Levant. Il s'étonnait cependant du choix des concepteurs des *Gouttes de Dieu*. Le goût que l'on appelait autrefois américain, avec une teneur en sucre comprise entre 17 et 32 grammes par litre, était passé de mode depuis les années 1930.

Anselme Selosse avait une explication. "C'est grâce à Pierre Hermé. Lorsqu'il a ouvert une pâtisserie à Tōkyō, il a absolument voulu proposer la cuvée Exquise. C'est sans doute chez lui que les scénaristes des *Gouttes de Dieu* l'ont découverte." Car, comme le faisaient remarquer deux personnages du manga, "les apôtres n'ont rien à voir avec ce qui est tendance". Encore une fois, cette anecdote révélait le génie propre d'Anselme Selosse. Il consistait à convier les amateurs à des aventures du goût inédites. "Oui, il y a une onctuosité, oui, il y a une épaisseur, oui il y a de la sucrosité, mais cette cuvée me permet de montrer qu'un chiffre ne se retranscrit pas intégralement dans la sensation. J'ai envie de parler d'épanouissement et de joie de vivre. La cuvée Exquise n'est pas stricte et serrée. Elle possède une ouverture et une largesse qui permettent au sucre d'imposer sa présence sans perturber la dégustation. La lente oxydation permet d'intégrer doucement le sucre au vin. J'en reviens toujours à mon obsession : user l'organique pour faire apparaître la trame minérale."

Anselme entretenait une relation singulière avec les Japonais. "Ils constituent un cinquième des clients de l'hôtel", assurait Corinne Selosse. "Nous avons même vu des personnes prendre un vol de nuit à Tōkyō, venir directement en Champagne depuis Paris, s'installer à l'hôtel, faire un repas généreusement arrosé, repartir le lendemain et reprendre l'avion pour Tōkyō le soir même." Les Japonais sont des esthètes. "Ce sont de dégustateurs épatants, avec quelque chose d'un petit peu inhibé. Ils sont très techniques mais restent souvent dans le premier degré. Ils ont beaucoup de difficulté à faire vagabonder leur sensibilité", observait le vigneron au retour de son deuxième voyage au Japon, au printemps 2018, tandis que nous devisions en cave avec des amis japonais qui avaient la délicatesse de s'adresser à nous en français. "Ils viennent pour la troisième fois de l'année", s'étonnait Anselme.

Touché par ce qu'il avait vu au Japon, par l'art du saké, l'art du soja et l'art du kombu, le vigneron évoquait une dégustation comparée de soupes miso préparées, l'une avec de l'eau de Tōkyō, l'autre avec celle de Kyōto. "Cela n'avait rien à voir." Qui connaissait Anselme imaginait à quel point l'expérience l'avait enthousiasmé. "Je veux créer d'autres échanges avec les Japonais. Notre relation privilégiée découle d'un respect mutuel très fort. Au Japon, j'ai été très impressionné par la présence de la nature : il y a encore du sauvage. J'ai également été frappé par la dévotion aux cultures. Cette sagesse, cette capacité qu'ils ont de réfléchir, d'analyser, de prendre le temps de répondre, et donc de dire très peu de banalités. Cet amour de la tradition et de la modernité. Cette philosophie globale où on ne s'enferme pas dans les choses, mais où l'on recherche l'équilibre. Le sens de l'honneur, le sens de l'éthique. L'abstinence, le groupe. Ici, j'ai prêché la coopérative, mais j'ai l'impression d'avoir parlé dans le vide. Au Japon, je serais entendu : la coopérative est la forme de production la plus intelligente en agriculture, c'est-à-dire mettre les moyens en commun tout en respectant les itinéraires et les choix des personnes qui la composent. Savoir atteindre en groupe ce qu'on ne peut pas faire tout seul."

À quatorze ans d'écart, deux voyages au Japon avaient imprimé quelque chose de merveilleux au tréfonds de l'âme d'Anselme. De tels exemples de cultures croisées étaient rares. Car le vigneron parlait autant aux Japonais de leur pays que ces derniers lui parlaient de son vin. Les amis nippons d'Anselme savaient l'importance qu'avait eue la découverte de l'œuvre de Masanobu Fukuoka dans son itinéraire. "J'ai l'impression qu'il y a chez eux une reconnaissance de notre mise en avant de Masanobu Fukuoka. Nombre d'entre eux sont heureux d'avoir redécouvert le penseur qui leur a donné une autre vision de la nature et de l'agriculture." On s'en souviendra dans un siècle. Jetant un pont entre l'Orient et l'Occident, la visite d'Anselme Selosse à Masanobu Fukuoka avait été un moment capital de l'histoire de l'agriculture moderne à un instant où elle était en train de se perdre.

Tous ceux qui, un jour dans leur vie, ont vécu un face-à-face intimidant avec un maître admiré imaginaient la scène. Au pays du Soleil Levant, la rencontre singulière entre Anselme Selosse et Masanobu Fukuoka semblait avoir été lumineuse et émouvante comme une page d'un roman de Junichiro Tanizaki, Yukio Mishima ou Yasunari Kawabata. On imaginait le gravier blanc méticuleusement ratissé aux abords de la maison, le chant du ruisseau voisin, les pièces sombres aux portes coulissantes, les tapis rouges dans la chambre du maître, les femmes silencieuses en kimono à longues manches, le thé offert à l'hôte de marque, le paysage aux délicatesses d'aquarelle par la fenêtre et un océan de sérénité aux alentours.

"Quand je suis allé rendre visite à Masanobu Fukuoka dans sa ferme familiale, sur l'île de Shikoku, il avait déjà plus de quatre-vingt-dix ans. Il était alité. Ce n'est pas facile d'avoir une conversation avec quelqu'un dont on ne comprend pas la langue. J'étais tétanisé, attentif à ne perdre aucun des mots qui sortaient de la bouche du traducteur. Masanobu Fukuoka m'a dit : « Seul le paysan peut comprendre son pays. » Il parlait peu, mais savait trouver des métaphores capables de tout illuminer. Je le sentais dans la compréhension, dans l'aide. Mes questions le faisaient réfléchir, mais il n'était pas dans la posture d'un enseignant ou d'un maître s'adressant à son élève. Il m'a proposé de m'envoyer des grains d'orge pour que je les sème. J'ai vite senti que Masanobu Fukuoka n'était pas un homme prétendant délivrer des clefs à ses interlocuteurs. Il n'avait pas la vanité de les rendre intelligents comme quelqu'un qui dominerait tout. J'ai été frappé par son humilité. Le mot s'applique à tous ses compatriotes que j'ai rencontrés depuis, mais à lui de manière plus forte encore. Ce qu'il voulait faire partager, ce n'était pas tant son savoir que sa sagesse. C'était l'époque où j'avais décidé d'abandonner la biodynamie. À côté de cette école trop normative, j'avais besoin de poser quelque chose de beaucoup plus libertaire, envisageant l'homme non plus comme l'organisateur de la nature mais comme son découvreur. J'ai expliqué à Masanobu Fukuoka que je n'aimais pas églises et les chapelles. Comment a-t-il entendu cela, lui qui vivait à proximité des temples ? Ni gourou ni un grand maître, il a dû comprendre. Sa conviction était que seule une personne intimement liée à une terre peut en ressentir toutes les subtilités."

Marqué par les leçons du bouddhisme zen et du taoïsme, Masanobu Fukuoka ne craignait ni les prétendus paradoxes ni les contradictions apparentes. Ce savant qui se méfiait de la science attendait plutôt leur réconciliation finale, quand l'un devient l'autre. Depuis Shikoku, l'île où l'ombre chérie des samouraïs glisse au bord des temples, l'agronome parlait d'or : "Je reste simplement un homme, juste un vieux corbeau pour ainsi dire. À l'observateur intermittent je peux paraître humble ou arrogant. Je dis toujours aux jeunes gens qui montent à mon verger de ne pas essayer de m'imiter et cela me met vraiment en colère que quelqu'un ne prenne pas à cœur ce conseil. Je demande plutôt qu'ils vivent simplement dans la nature et s'appliquent à leur travail quotidien. Non, je n'ai rien d'extraordinaire, mais ce que j'ai entrevu est immensément important*." La découverte de ce regard d'une grande simplicité, associé à la beauté d'un geste quotidiennement renouvelé, cette douceur dans les mœurs et cette vie passée à trouver la dignité en révoquant l'arrogance et l'orgueil humains avaient frappé Anselme. "C'est à la lecture des ouvrages de Fukuoka que m'est apparu le concept de « fais comme tu le sens ».

* Masanobu Fukuoka, *La Révolution d'un seul brin de paille, une introduction à l'agriculture sauvage*, traduit de l'américain par Bernadette Prieur Dutheillet de Lamothe, Guy Trédaniel éditeur, 2005, p. 39.

La connaissance qu'a le paysan du milieu dans lequel il évolue est très personnelle." En parlant de la sorte, le vigneron redécouvrait l'opposition entre l'esprit de finesse et l'esprit de géométrie. Dieu n'a pas semé la terre en damier : un agriculteur n'a pas besoin d'être un géomètre. Le sentiment du monde, qui appartient à l'esprit de finesse, lui est plus précieux que les sciences de l'esprit, qui participent de l'esprit de géométrie.

Masanobu Fukuoka, qui avait commencé ses recherches avant la Seconde Guerre mondiale et observé la réorganisation de l'agriculture japonaise sur des bases industrielles après l'effondrement d'août 1945, n'aimait pas la manière dont l'homme moderne s'était approprié la nature. Il déplorait le refus de l'aventure et de l'inconnu. Il avait vu ses contemporains mettre en place des dispositifs normatifs censés rendre impossible l'imprévu. Il voulait les conduire ailleurs. En envisageant l'homme comme un chasseur-cueilleur pénétrant dans une forêt et se contentant de prélever ce que la nature produisait, on pouvait se mettre dans un autre système de pensée. Pour mesurer le fossé séparant les deux, il suffisait de songer au vocabulaire : on ne parlait plus d'agriculteurs mais d'exploitants agricoles. Masanobu Fukuoka proposait de découvrir une autre disposition d'esprit que celle de l'exploitant.

Anselme Selosse ne cessait de le redire. L'homme occidental devait redevenir un contemplatif. Se forcer à regarder les choses différemment et ne pas traiter la nature en ennemie. Il devait regarder autrement ce qu'il était souvent tenté de voir comme un défaut dans l'organisation du vivant. Par exemple lorsqu'un animal venait manger une plante. Celui qui avait passé du temps à la soigner pouvait le considérer comme un vol. Mais il pouvait aussi se mettre dans un autre état d'esprit et se demander de quel droit il considérait que ce fruit ou cette feuille lui appartenaient exclusivement et que les lapins et les escargots n'avaient pas droit de s'alimenter eux aussi.

Loin du progrès fallacieux et de ses exigences toujours plus dévorantes, les préceptes de Masanobu Fukuoka étaient ainsi porteurs d'avenir pour l'agriculture mondiale. Des céréaliers les avaient notamment mis en œuvre au Brésil et en Uruguay en introduisant le semis direct sous couvert. Cette pratique sans labour ni hersage consistait à semer le grain à travers une couche de culture intermédiaire – radis, sarrasin, trèfle, luzerne – ou sur le chaume. Pour coucher les végétaux au sol et obtenir un couvert végétal fertile, on utilisait un rouleau hacheur Rolofaca.

En France, ces applications révolutionnaires de l'agriculture sauvage qui permettaient de ne pas asphyxier le sol en limitant les interventions mécaniques – et de répondre en partie au réchauffement climatique – avaient été baptisées techniques culturales simplifiées (TCS). Le sigle faisait sourire Anselme Selosse. “C’est bien français, ça ! Au lieu de méditer l’esprit des choses, on les enferme dans des mots.” N’importe. L’idée forte de ces nouvelles pratiques culturales, auxquelles auraient dû prêter attention ceux qui prétendaient nourrir le monde et donner leur pain quotidien à sept, huit, neuf bientôt dix milliards d’êtres humains sur la Terre, était que la nature faisait très bien les choses toute seule, sans les interventions désordonnées de l’homme dont les conséquences étaient souvent inverses aux effets escomptés. Face aux vignes, face aux arbres, face aux céréales, l’homme devait avoir l’humilité de reconnaître qu’il n’était le créateur de rien, qu’il usait du monde sans en être ni le maître ni le possesseur. La route était longue pour avoir enfin l’audace de substituer la contemplation aux gestes inutiles. Mais elle était ouverte. Chassant les dieux faux et trompeurs de l’abondance industrielle, le paysan japonais Masanobu Fukuoka et les agronomes français Claude et Lydia Bourguignon* avaient déblayé pour l’avenir. La règle du non-agir proposé par l’agronome japonais avait marqué le vigneron. “Il faut passer plus de temps à essayer de savoir si la nature a besoin de vous

* Lydia et Claude Bourguignon, *Manifeste pour une agriculture durable*, Actes Sud, 2017.

qu'à intervenir de manière désordonnée. Il faut regarder la nature, apprendre à l'écouter."

Comme de toute chose, il y avait un secret de la nature ; mais c'était un secret qu'elle ne gardait pas. Il était toujours possible de le lui faire dire. En toute confiance, la nature se mettait à parler. Longtemps, déjà, qu'Anselme Selosse avait appris à l'écouter. "Oui ou non, la nature a-t-elle besoin de moi face à tel épisode climatique, à tel champignon ou à telle chenille ? Quand la réponse est non, je m'abstiens de faire quoi que ce soit. Ce sont des choses que j'ai apprises au contact de vignerons bourguignons, des personnages récurrents dans ma vie, tel Aubert de Villaine, le cogérant du domaine de la Romanée-Conti, ou Sylvain Pitiot, le régisseur du Clos de Tart. Ils m'ont aidé à approfondir les notions de calme, de sérénité, de justesse, d'équilibre, d'harmonie. C'est important, ces rencontres avec des êtres pleins de sagesse. À force de ne côtoyer que des énervés ou des extrémistes, on peut basculer. Personne n'est touché du doigt de Dieu, on se nourrit au contact des autres."

C'est ainsi, tout au long de son existence, qu'Anselme avait eu recours aux livres comme d'autres ont recours aux forêts. Les deux images coïncidaient. Livre ne vient-il pas du latin *liber*, un mot latin désignant la pellicule située entre le bois de l'arbre et son écorce sur laquelle les gens écrivaient avant l'invention du papyrus ?

C'est en tout cas l'étymologie que soutient saint Jérôme dans une lettre écrite vers 375, depuis le désert de Judée, à son confident Nicéas, sous-diacre d'Aquilée, dans le nord-est de l'actuelle Italie. Jérôme y évoque les mœurs des peuples sauvages peints par Cicéron dans sa *Rhétorique*. "Comme le papier et le parchemin n'étaient pas encore connus, ils écrivaient ou sur des tablettes de bois bien polies, ou sur des écorces d'arbres. De là vient qu'on appelait ceux qui portaient les lettres, *tabellarii*, messagers ; ceux qui les écrivaient, *librarii*, copistes, du mot *liber*, qui désigne cette petite écorce qui est immédiatement attachée au tronc de l'arbre. Si des hommes grossiers et sans aucune civilisation avaient établi entre eux un commerce si doux et si agréable, comment pouvons-nous y renoncer, nous qui vivons dans un siècle où règnent la politesse et les beaux-arts* ?" À suivre Jérôme à la lettre, c'est le cas de le dire, on était amené à établir un parallèle entre la bibliothèque et la forêt. La compagnie des livres, autant que celle des arbres, permettait de pratiquer le *shinrin yoku* des Japonais, le bain de forêt qui diminuait le stress et rétablissait l'harmonie, loin de la grande ville, de sa cacophonie et de ses ondes électromagnétiques.

* "Lettre VIII à Nicéas, sous-diacre d'Aquilée : Pourquoi s'abstient-il de répondre ?" *in* Saint Jérôme, *Correspondance, tome I*, texte établi et traduit du latin par Jérôme Labourt, Les Belles Lettres, 2002.

Quand il n'était pas dans sa bibliothèque, Anselme Selosse s'y employait dans sa vigne, envisagée comme une petite forêt qu'il avait appris à mieux connaître après la lecture *La Vie secrète des arbres de* Peter Wohlleben. Dans *Jamais seul, ces microbes qui construisent les plantes, les animaux et les civilisations**, le microbiologiste Marc-André Selosse, un homonyme d'Anselme, avait proposé une explication scientifique aux puissantes intuitions du forestier allemand. Ce professeur du Muséum d'histoire naturelle de Paris est le spécialiste mondial des mycorhizes, les associations symbiotiques des champignons et des racines des plantes. Après avoir souvent reçu de Lydia et Claude Bourguignon et appris à leurs côtés à prêter attention à l'édaphon – l'ensemble des organismes vivant dans le sol, animaux, végétaux, champignons, bactéries, microbes –, le vigneron ne pouvait qu'être attentif aux travaux de Marc-André Selosse. "Il a établi de manière certaine que lorsqu'on dit que les arbres discutent entre eux, ce n'est pas une image. Et si les arbres savent répondre aux dangers grâce à leur système racinaire, s'ils se montrent capables de communiquer entre eux, je ne vois pas pourquoi les vignes n'en feraient pas autant. Ces voies nouvelles me passionnent.

* Marc-André Selosse, *Jamais seul, ces microbes qui construisent les plantes, les animaux et les civilisations*, Actes Sud, 2017.

Je songe à ces arbres touchés par une maladie qui envoient des informations à leurs voisins afin qu'ils synthétisent une protéine capable de rendre la vie plus difficile aux parasites. C'est extraordinaire. On va pouvoir travailler là-dessus pendant des siècles. À l'origine de ce que je ne nommerais pas mon rejet, mais mon éloignement du mouvement bio, il y a eu la sensation que les gens ne réfléchissaient pas assez, qu'ils appliquaient des recettes, sûrs d'eux, sans se poser de questions. Et j'ai fait partie de ces doctrinaires à l'époque où je défendais José Bové. Mais j'ai fini par refuser cet enfermement, qui conduisait à ne plus réfléchir. J'ai abandonné le côté systématique et sectaire. Aucun paysan ne détient la vérité. Nous savons juste deux ou trois choses qui nous conviennent mieux qu'aux autres. Ne condamnons pas sans appel ceux qui pensent différemment de nous, même lorsque nous estimons qu'ils font fausse route. Aidons-les à comprendre les améliorations qu'ils pourraient obtenir s'ils changeaient leurs pratiques."

Durant l'été 2015, sec et brûlant, il avait de nouveau interrogé Anselme sur le réchauffement climatique. À Avize, cela faisait trois mois qu'il n'avait pas plu. Le manque d'eau était problématique. Ensemble, ils s'étaient promenés dans la parcelle Les Chantraines, un bas de coteau argileux peu pentu, orienté vers l'est. Des voisins juraient que le chardonnay était inadapté aux nouvelles conditions environnementales. Ils voulaient revoir le décret d'appellation d'origine protégée afin de pouvoir planter des cépages tardifs du Sud. Le vigneron n'était pas pressé d'assister à cette révolution. Il était attaché au chardonnay, un raisin qui avait le don d'apporter de la lumière. Si son domaine était complété par quelques ares dédiés à la culture du pinot noir, le chardonnay représentait neuf dixièmes du raisin rentré chaque année en cave. L'origine méditerranéenne de ce cépage rapporté d'Orient par les croisés avant d'être acclimaté en Bourgogne par les moines de Cluny et de Cîteaux enchantait Anselme. Il le regardait évoluer en liberté : le réchauffement de la planète et les modifications des conditions de maturation du chardonnay ne tenaient pas de la querelle d'experts mais de l'observation empirique. Il se souvenait que, dans les années 1970, on ramassait le raisin au domaine aux alentours du 5 octobre – à l'exception de 1976, année de la sécheresse. "Désormais, les vendanges ont plutôt lieu aux alentours du 18-20 septembre*". L'évolution des conditions climatiques n'était pas un mythe.

* Soit un mois après la date généralement fixée par le ban des vendanges. Anselme Selosse avait retenu le conseil formulé par Jules Chauvet en septembre 1960 dans le mensuel *Le Bourguignon viticole* : "Les Anciens disaient : « Si tu veux faire le bon vin, tu vendangeras le dernier. »"

Anselme évoquait une alternance brutale de chaud et de froid, des périodes de soleil brûlant, des orages plus violents, des cycles de sécheresse ou de pluies abondantes plus longs. Plutôt une succession d'épisodes extrêmes qu'un changement graduel. "Sur la craie de Champagne, on ne sera cependant jamais amenés à irriguer. Le risque, c'est de récolter un raisin ordinaire, comme dans le Nouveau Monde. Le chardonnay est un cépage merveilleusement adapté aux régions septentrionales, jusqu'à la limite la courbe isotherme des 10 °C au mois de juillet. En Champagne et en Bourgogne, il donne des vins d'une grande finesse, caractérisés par leur intensité et non par leur puissance. Avec un climat plus chaud, on risque de produire des vins plus puissants, avec plus d'alcool. Mais nous n'en sommes pas encore là. Ce que j'observe aujourd'hui en Champagne, c'est plutôt une amélioration qualitative du chardonnay. Lorsque j'ai commencé dans la carrière, on avait sept récoltes sur dix susceptibles de donner naissance à un grand cru blanc de blancs millésimé. Aujourd'hui, nous en sommes plutôt à huit ou neuf millésimes tous les dix ans." À l'opposé des vignerons planificateurs, dresseurs et soigneurs, Anselme avait une grande confiance dans la nature. "Oui, parce que c'est elle qui procure le plus de découvertes et de joie dans l'existence. Je ne suis pas dans la répétition, je suis dans la découverte et dans l'esprit d'aventure. Je cherche sans cesse de nouveaux paysages. Il faut dire que je travaille dans un vignoble où la notion de répétition est excessivement ancrée. En Champagne, c'est une religion. Dans certaines maisons, on vante l'art avec lequel le chef de cave se montre capable de reproduire la même cuvée tous les ans. Pour moi, cette prétention est à l'origine d'une grande méfiance. Mon univers personnel me rend très prudent à l'égard de l'ambition qu'a l'homme d'uniformiser les choses. Confronté à une loi dominante ou à une pensée forte, on est fatalement attiré, mais il ne faut pas négliger le côté élastique de l'existence, qui nous permet de nous éloigner dans une autre pensée forte. Et comme dans la loi de l'attraction universelle, plus je vais m'éloigner, moins la force de gravité exercée sur moi sera importante et plus ma pensée sera libre."

Il en arrivait à l'épisode le plus difficile à interpréter dans l'itinéraire singulier d'Anselme Selosse. La conversion de son domaine en biodynamie en 1996, et son rejet brutal, en 2002. Six ans de réflexion, moins que dans un film de Billy Wilder, et puis c'est marre ! Son flirt avec les théories de Rudolf Steiner avait été bref. "C'est grâce à Anne-Claude Leflaive, Mark Angeli et Guy Bossard que j'ai commencé à m'intéresser à la biodynamie. Je dois ajouter le regard interrogatif de Lydia et Claude Bourguignon. Un peu auparavant, dans les années 1989-1990, des rencontres importantes avaient eu lieu en Alsace, dans le cadre de la foire de Rouffach, organisée tous les printemps pour défendre l'agriculture biologique et paysanne. J'avais alors fait la connaissance de Chantal et Jean-Pierre Fryck." Anselme, qui n'avait pas quarante ans, était en pleine recherche. En Champagne, le bio n'était pas inexistant, mais presque invisible. À l'époque où il étudiait à Beaune, il se souvenait d'un personnage à la grande barbe blanche qui sillonnait le vignoble à la façon de Philippulus, le prophète surgi au début de l'album *L'Étoile mystérieuse* de Hergé pour effrayer Tintin. En 1974, les champagnes Beaufort étaient parmi les premiers à être passés en bio. Anselme était déjà sensibilisé et surtout très curieux. Au lycée viticole de Beaune, un cours expérimental d'écologie l'avait poussé à se pencher de près sur la notion de terroir. Mort en 1985, son père, Jacques, avait voulu qu'il désherbe chimiquement jusqu'en 1975. Après avoir repris les labours, il avait éliminé la filtration. Puis il avait remplacé l'engrais des Mines de Potasse d'Alsace par du fumier. En 1986, le goût désagréable qu'avait donné l'acéphate Orthène au vin d'un voisin lui avait fait arrêter les insecticides. En 1989, il avait vinifié uniquement avec des levures indigènes. La route d'Anselme avait été longue mais millimétrée. Avant même de connaître la philosophie du non-agir de Masanobu Fukuoka, il en avait appliqué les préceptes : à force d'observations, trouver saison après saison le moyen de se débarrasser d'un geste ou d'une technique inutiles, sinon nuisibles à la nature. En tête de *Théorie de la bulle carrée* aurait pu figurer ce que Charles Péguy avait écrit dans *Un nouveau théologien, M. Fernand Laudet*, en de tout autres circonstances : "C'est par un approfondissement constant de notre cœur dans la même voie, ce n'est nullement par une évolution, ce n'est nullement par un rebroussement que nous avons trouvé la voie. (...) Nous ne l'avons pas trouvée en revenant. Nous l'avons trouvée au bout." Le secret d'Anselme était à chercher du côté de cet approfondissement constant. Son éloignement du bio normatif et des dogmes de la biodynamie également. Pour rester ce cavalier français parti d'un si bon pas, autre image chère à Péguy, Anselme ne pouvait pas s'arrêter en cours de route, que ce soit chez les partisans du label "agriculture biologique" ou chez ceux de la marque Demeter. Il n'arrivait pas à penser librement à l'ombre d'une chapelle.

Son rejet de la certification en agriculture biologique apparaissait radical, mais il s'éclairait lorsque l'on songeait à tous les essais farfelus, dans les années 1970, auxquels on avait assisté dans le vignoble français. Des néoruraux avaient alors débarqué à la campagne avec la prétention non pas de faire bon mais de faire bio. Des vignerons tels que Marcel Lapierre à Villié-Morgon, Antoine Arena à Patrimonio,

René-Jean Dard et François Ribo à Mercurol en avaient conçu une espèce d'allergie. Anselme Selosse ne se souvenait plus si le vigneron dont il avait bu un champagne bio au début des années 1970 se réclamait de la société Lemaire Boucher ou de l'association Nature et Progrès, mais il avait gardé le souvenir d'un véritable débouche tuyaux. "Pour moi, c'est une évidence que la qualité sanitaire est obligatoire. On n'est pas paysan pour saccager la terre. Mais ce qui est important au bout du compte, c'est la qualité gustative. Mieux encore, le potentiel, le vivant, l'essence et l'essentiel. Le voyage intérieur et le vagabondage dans l'imaginaire rendus possibles par les sensations. Je ne veux pas me retrouver sous le même label que des gens dont les vins ne m'apportent aucune satisfaction. Je me souviens des premiers champagnes bios. Par peur du botrytis sur des vignes non traitées, les vignerons vendangeaient beaucoup trop tôt. Ils produisaient des vins amers, verts, acides, affreux. Ils avaient l'éthique du produit, mais pas le goût du produit."

Presque un demi-siècle plus tard, les choses avaient évolué, mais les vignerons pionniers de la guerre du goût s'en tenaient à cette conviction. Ils préféraient une éthique à un label. La gourmandise à la normalisation. "Favoriser, mais ne rien interdire", demandait Anselme. À l'heure où même les industriels revendiquaient la nature et la tradition, il n'était pas certain que leurs enfants soient aussi hostiles qu'eux aux labels certifiant le respect d'un cahier des charges exigeant. Ceux qui auraient le courage d'un geste agricole singulier voudraient peut-être en apporter la preuve formelle. Au domaine Jacques-Selosse, ce serait à Guillaume de choisir. À lui de garder le sens du combat, d'opter ou non pour un nouvel angle d'attaque.

"J'ai subi l'arrogance et les certitudes des marchands de chimie, expliquait Anselme. Quand nous avons pris conscience que l'agriculture productiviste nous conduisait dans une impasse, nous avons connu d'autres marchands qui les ont remplacés. Ils nous ont vendu l'innocuité de leurs produits, mais toujours avec la prétention de sauver la nature en la rectifiant. Je n'avais pas quitté l'univers de la chimie pour entrer dans cet univers-là. Les nouvelles générations de vignerons n'auront pas connu l'arrogance de ces marchands qui voulaient rendre la nature plus parfaite. Ils n'auront peut-être pas les mêmes réticences que nous à l'égard des différents labels."

De l'exclusion de l'emploi de produits de synthèse et de la reprise des labours, qui caractérisaient la viticulture biologique, il en arrivait à la biodynamie, un système de production plus compliqué à circonscrire. La biodynamie, on l'aimait ou on la haïssait, il était rare qu'elle laisse indifférent. Ses adversaires insistaient sur son rattachement à un courant spiritualiste fondé par Rudolf Steiner* dans l'Allemagne impériale, l'anthroposophie, et à une philosophie pratique de la nature diffusée dans l'Europe de l'entre-deux-guerres, notamment dans le cadre des huit *Cours aux agriculteurs*, donnés en Pologne en 1924. Ses partisans évoquaient la reconquête tranquille d'un lien perdu avec la terre grâce à l'humilité, l'intuition et l'observation. En France, c'était la viticulture qui avait attiré l'attention sur la biodynamie, mais elle était également appliquée dans le domaine du maraîchage, de l'arboriculture, de l'horticulture ornementale, de la grande culture et même des jardins privés.

En plus des cycles lunaires, la méthode de la culture biodynamique consistait à tenir compte de l'influence des planètes ; à l'aide de préparations à base de silice, d'achillée millefeuille, de camomille, d'ortie ou de pissenlit, elle voulait convoquer des forces cosmiques pour rétablir un équilibre perdu. Au vigneron, elle proposait des règles à redécouvrir dans l'accompagnement du cycle végétatif. L'exercice de démolition de la biodynamie était un genre répandu. On présentait ses adeptes comme des gourous illuminés ou des membres de sectes apocalyptiques. C'est vrai qu'il existait des spécimens. Mais, comme le faisait remarquer Albert Camus à propos du

* Gary Lachman, *Rudolf Steiner, une biographie*, Actes Sud, 2009.

christianisme, lorsque l'on s'en prenait à une doctrine, il fallait avoir l'honnêteté de l'envisager du point de vue de ses meilleurs éléments*. François d'Assise et non les curés prévaricateurs, Thomas d'Aquin et non Torquemada.

Ce qu'il avait en vue, avec sa *Théorie de la bulle carrée*, ce n'était pas de jouer les esprits forts. C'était d'envisager la viticulture biodynamique avec sérieux, telle que la concevaient des vignerons aussi exemplaires que Aubert de Villaine au domaine de la Romanée-Conti, Jean-Pierre et Pascal Amoreau au château Le Puy à Bordeaux ou la regrettée Anne-Claude Leflaive à Puligny-Montrachet. Ce qui permettait d'interrompre immédiatement les rires enregistrés dans la salle. Pour une présentation tranquille des principes proposés aux vignerons, il se reportait à *35 questions sur la biodynamie à l'usage des amateurs de vin* d'Antoine Lepetit de la Bigne, un homme qui avait assisté huit ans durant Anne-Claude Leflaive au sein du domaine Leflaive. Car en plus d'être un homme de l'art, Antoine Lepetit de la Bigne était un homme de science, ancien élève de l'École polytechnique, ingénieur agronome et œnologue. Un peu à la

* "D'une façon générale, si on veut servir la justice et cette part de vérité qui est la nôtre, on ne doit pas juger d'une doctrine par ses sous-produits, mais par ses sommets." *in* Albert Camus, Francis Ponge, *Correspondance 1941-1957*, Gallimard, 2013, p. 92.

manière du philosophe Georges Sorel, polytechnicien lui aussi, qui confiait avoir mis vingt ans à se délivrer de ce qu'il avait retenu de son éducation et nettoyer sa mémoire des idées qu'on lui avait imposées*, il avait beaucoup appris avant de désapprendre. Anselme Selosse n'avait pas eu besoin de lire Pascal pour se retrouver dans ce paradoxe de la connaissance : comme la vraie morale se moque de la morale, le vrai savoir se moque du savoir.

La rencontre d'Antoine Lepetit de la Bigne avec la biodynamie avait été longue. Il se souvenait d'un professeur de l'école d'agronomie de Montpellier s'exclamant : "Pas de sorcellerie ici." Ce qui ne l'avait pas empêché d'y venir tout doucement, sans rien perdre de sa rigueur ni de sa liberté. L'idée de rétablissement d'un équilibre perdu ne contrariait pas son esprit scientifique, même si la compréhension des "forces de vie" qui entraient en jeu dans les pratiques biodynamiques était encore très limitée.

Cette compréhension limitée était tout le problème d'Anselme. Son compagnonnage avec

* Georges Sorel, *Réflexions sur la violence*, Marcel Rivière et Cie, 1912, p. 8. "Pendant vingt ans j'ai travaillé à me délivrer de ce que j'avais retenu de mon éducation ; j'ai promené ma curiosité à travers les livres, moins pour apprendre que pour nettoyer ma mémoire des idées qu'on lui avait imposées."

la biodynamie n'avait certes pas été vain. Il lui devait sa découverte de la médecine chinoise et la conviction qu'il fallait savoir rétablir l'harmonie et les équilibres fondamentaux au sein du vivant plutôt que de lutter contre la maladie en détruisant tel agent pathogène, bactérie, virus ou champignon. Le recours au calendrier lunaire, dont ses parents lui avaient enseigné l'usage longtemps avant qu'il entende parler de biodynamie, lui avait permis de mieux comprendre certaines interactions, les jeux sophistiqués entre la masse et la lumière. Mais il avait abandonné les considérations astrales plus compliquées, l'observation du passage des constellations. "J'avais adhéré sans réfléchir. À un moment je me suis dit que je ne m'y retrouvais pas, j'étais comme un idiot qui appliquait les choses sans avoir lu le mode d'emploi, sans savoir comment ça agissait. Alors, j'ai gardé la lune et la vision de la médecine chinoise, soit tout ce qui allait me maintenir en bonne santé."

Comme toujours, le pas de côté d'Anselme Selosse était très subtil et très réfléchi. Il était naturellement sensible au respect de la terre, à l'attention portée à la vie du sol et à la transmission d'informations par l'eau indépendamment de toute réaction chimique ou physique quantitative comme c'était le cas avec l'homéopathie. La nature avait ses mystères. Les esprits forts avaient beau ricaner, tout conduisait à penser qu'il existait, dans la structure de l'eau, des mouvements que les prochains siècles se chargeraient de comprendre. En attendant, on devait s'en tenir à des expériences impossibles à modéliser, à des résultats observés mais non reproductibles de façon infaillible. Ce n'était pas la première fois dans l'histoire des sciences.

Lui songeait notamment au destin de Semmelweis, ce médecin hongrois qui avait eu l'intuition de la vie microbienne au milieu du XIXe siècle en étudiant la fièvre puerpérale sans pouvoir jamais en apporter la preuve scientifique. Tandis qu'il travaillait au service d'obstétrique de l'Hôpital général de Vienne où l'enseignement était dispensé au milieu des accouchées, il avait compris qu'il existait un lien entre les accidents mortels causés par les coupures cadavériques lors des séances de dissection et la mort des femmes en couches. Les faits le troublaient et la théorie de la génération spontanée lui paraissait trop confortable. Même si aucun instrument ne lui permettait d'observer les substances microscopiques qu'il accusait, il avait suggéré aux étudiants de se laver les mains avant de rentrer en salle d'accouchement. Et immédiatement, le taux de mortalité avait chuté. Pour son malheur, il était incapable de proposer une théorie. Accusé d'être un charlatan, il avait été chassé de l'hôpital de Vienne une première fois en 1846 et une seconde en 1849 après avoir repris ses expériences, prescrit aux élèves de se laver les mains avec une solution de chlorure de chaux avant d'entrer en salle de travail, et à nouveau obtenu des résultats. Sa tragédie avait été de "toucher les microbes sans les voir", écrit Louis-Ferdinand Céline* dans la thèse de médecine qu'il lui a consacrée en 1924. En 1865, une poignée d'années avant que Pasteur, suivi par le Norvégien Hansen et l'Allemand Koch, n'observe divers micro-organismes unicellulaires pathogènes nommés microbes, le malheureux Semmelweis était mort à demi fou, abandonné de tous.

Voilà encore ce qu'il avait pensé : les adeptes de la biodynamie regardés comme des illuminés par les scientifiques qui ne croyaient que ce qu'ils voyaient dans leurs laboratoires étaient peut-être nos Semmelweis. Ce qui n'empêchait ni les réserves ni la prudence. Il existait évidemment une ligne de crête à tenir. Envisager la biodynamie comme une méthode non dogmatique, comme le faisaient Richard Leroy en Anjou**, François Chidaine à Montlouis ou Thierry Michon en Vendée, permettait d'échapper à la fois aux dérives des mystico-dingos et à la tyrannie de la preuve scientifique. Un vigneron

* Louis-Ferdinand Céline, *La Vie et l'Œuvre de Philippe Ignace Semmelweis*, Gallimard, 2007, p. 72.
** Voir la bande dessinée *Les Ignorants. Récit d'une initiation croisée* d'Étienne Davodeau, parue chez Futuropolis, 2011 ; et le film documentaire *La Clef des terroirs* réalisé par Guillaume Bodin en 2011.

pouvait utiliser les préparations 500 (bouse de corne), 501 (silice de corne), 504 (ortie) ou 506 (pissenlit) pulvérisées dans ses vignes après avoir été dynamisées sans accorder une attention disproportionnée aux forces astrales ou à la cahotisation rythmique. De très nombreux vignerons envisageaient ainsi les préceptes de la biodynamie comme un trousseau de clefs sans s'obstiner à employer de manière systématique la bouse de corne, la silice ou la lactofermentation.

"En fait, aujourd'hui en viticulture, très peu de biodynamistes sont des anthroposophes purs et durs. Ce sont avant tout des hommes de la terre, des paysans pragmatiques qui recherchent surtout une méthode efficace pour résoudre les impasses de l'agriculture moderne", observait Antoine Lepetit de la Bigne.

Pour Anselme Selosse, les choses s'étaient déroulées de manière différente. Comme toujours. Peut-être parce qu'il n'avait pas rencontré les bonnes personnes. À l'entendre, on l'imaginait. "J'ai acheté plein de poudres de perlimpinpin à une cohorte de personnages étranges qui se baladaient avec des aimants de différentes tailles pour l'électroculture. J'ai fini par me trouver crédule. C'est parce que c'était ésotérique que je marchais. J'ai voulu en revenir à la logique et à la science. Je n'aime pas utiliser une technique dont je ne comprends pas le fonctionnement."

Sous le patronage d'André Ostertag et de Guy Bossard, tout avait pourtant bien commencé. Anselme Selosse avait appliqué les principes de manière stricte, notamment la bouse de corne au printemps. Il avait utilisé la silice, les tisanes. En 1997-1998, il avait essayé de faire du compost. Mais dès cette époque, il s'était posé des questions, sur la taille des baies notamment. "J'appliquais la bouse de corne au printemps, comme il était dit, en m'interrogeant sur l'influence de la bouse de corne sur les racines superficielles dans les vignes. Quel pouvait être l'intérêt de développer les racines superficielles au moment où il allait pleuvoir, sinon les faire boire beaucoup et faire grossir les baies ? Je ne comprenais pas pourquoi on ne mettait pas la préparation 500 à l'automne, au moment où les racines de profondeur se développaient. Dès ce moment, je me suis rendu compte qu'il n'y avait pas de raisonnement sur la vie des plantes, mais des recettes qu'on appliquait."

La réserve principale d'Anselme Selosse sur la biodynamie en viticulture tenait à ceci : Rudolf Steiner avait travaillé sur des plantes annuelles, semées au printemps. Il était donc normal de vouloir favoriser la croissance des racines au printemps. Mais ce n'était pas logique d'appliquer cette méthode aux arbres et aux vignes, qui étaient des plantes pérennes. Quand il avait fait état de ses réflexions à son conseiller en agriculture biodynamique, Anselme avait eu l'impression de profaner une chose sacrée, de renier le maître. Voilà comment il s'était senti enfermé. “Il y avait aussi une opposition sur l'idée de terroir. Ce serait l'homme qui ferait le terroir en le rendant fertile ? Il ne faut pas perdre la sagesse. Il suffit de regarder une forêt pour voir qu'elle se débrouille bien toute seule”, expliquait le vigneron, longtemps après avoir tourné la page. Anselme n'envisageait pas la nature comme une équation à résoudre. “Je travaille toujours avec le calendrier lunaire, mais je n'utilise plus les préparations. J'ai une autre vision, je ne transforme pas la nature, je ne la résous pas. Je l'accompagne, je la saisis dans son aléatoire. Le lieu est comme il est. J'apprends à le connaître par mon travail quotidien, un exercice de contemplation qui occupe tout le corps et tout l'esprit. C'est ainsi, même si cela peut paraître étrange, que j'ai appris à regarder la vigne comme une forêt, en m'émerveillant de son caractère spontané, indigène. La vigne a des capacités d'apprentissage qu'elle ne peut exprimer que si on la laisse respirer. Grâce à ma rencontre avec Masanobu Fukuoka, grâce à mes lectures des travaux sur les arbres, j'en suis venu à substituer le système de pensée de la sylviculture à celui de la biodynamie. Je ne sais pas si un esprit latin ou catholique romain peut adhérer pleinement aux théories de Rudolf Steiner. C'est quand même singulier de considérer que la nature est perfectible, voire mauvaise. Si je garde intacte mon hostilité à l'égard de ceux qui travaillent en conventionnel et parlent de mauvaise herbe, mon hostilité n'est pas moins grande vis-à-vis de ceux qui prétendent parfaire la nature, d'autant plus lorsqu'ils parlent de vignes de raisin de cuve, des plantes sur lesquelles Steiner n'a pas mené d'expériences. Ce dernier n'aimait pas le vin et souhaitait que l'humain ne boive pas d'alcool. Tous les essais menés par Maria Thun pour étudier le rythme ou la position du soleil, de la lune et des planètes, ont été menés sur des plantes annuelles. Jamais elle n'a travaillé sur des arbustes. Qu'on cultive des petits fruits ou des arbustes, des framboises, des pêches, de la vigne ou du blé, les recommandations de la biodynamie sont les mêmes quelle que soit la situation géographique si c'est dans le même hémisphère. Tous les agriculteurs sont invités à avoir les mêmes pratiques. Ce ne sont pourtant pas les mêmes plantes, elles ne fleurissent pas au même moment, leurs fruits n'arrivent pas ensemble à maturité. Les usages, les situations géographiques et les conditions météorologiques sont différents. Je ne comprends pas cette uniformisation. Où l'on devrait parler d'adaptation du geste aux conditions changeantes, je vois domination et maîtrise dans l'emploi du calendrier lunaire. Cela ne résonne pas en moi. Nous ne produisons pas des quintaux de blé, des tonnes de fraises. Nous cultivons la vigne, une plante qui doit pouvoir saisir la subtilité d'un moment et d'un lieu. Ce subtil est fugitif. Surtout n'ayons pas un geste inapproprié et déformateur. À la suite de Masanobu Fukuoka, j'aime bien regarder la nature comme le sommet du développement où un équilibre fragile, humble et simple, est atteint dans une espèce de cohabitation harmonieuse de l'humain, du règne animal, du monde végétal et même du monde minéral. Les uns ont besoin des autres comme au sein d'une société."

Ce rejet de la biodynamie était étonnamment radical. Anselme, dont la fille Léa exerçait la profession d'étiopathe, ne lui associait cependant pas toutes les médecines alternatives combattues par les apôtres de la société industrielle. Et notamment l'homéopathie. "Je n'ai rien contre la dynamisation au sens homéopathique, qui consiste à diluer une substance par étapes successives pour la rendre active. Ce qui me gêne, c'est l'idée selon laquelle la nature ne serait pas dynamique par elle-même. Si la nature n'a pas la capacité à répondre aux attentes de l'humain, l'homme n'a pas à vouloir plier la nature à sa volonté en employant des artifices. Après, dynamiser, pour faire en sorte que l'énergie et la mémoire puissent imprégner la moindre molécule d'eau, pourquoi pas ? Le précepte d'Hippocrate, « *Primum non noncere* – Premièrement ne pas nuire », m'indique toujours comment je dois me comporter." Chez Anselme l'humilité face à une nature plus douce et plus facile qu'on ne l'apprenait dans les lycées agricoles était une règle d'or. Il aimait réfléchir de façon contradictoire, fidèle à une logique personnelle qui passait toute logique. Au visiteur qui lui aurait demandé si son choix d'arrêter la biodynamie avait été le bon, le vigneron aurait pu répondre : "Je n'en sais rien, mais je n'en suis pas sûr." Et aussi : "Je me sens plus attaché à Goethe, à sa vision plus haute, qu'à Steiner. Un poète ce sera quand même toujours mieux qu'un scientifique." Et enfin : "J'ai rêvé à quelque chose de différent qui correspondait à mes points de force."

Un dernier flacon du millésime 1999, dégorgé le 19 janvier 2009, le jour de la saint Marius. Il n'avait pas perdu de temps avec les arômes pour en venir directement aux sensations éprouvées par la bouche seule. Ce champagne gardait les pieds bien sur terre. Un vin avec de la matière, une texture riche, presque huileuse. Avait-il ressenti cela auparavant ? À la deuxième gorgée, des anchois bleus nageaient sous sa langue. Il s'était souvenu d'une chanson d'Élie Medeiros : "Prends un petit poisson, glisse-le entre mes jambes, il n'y a pas de raison, pour se tirer la langue." *Toi mon toi*, 1986. L'été avait été frais et pluvieux sur la côte des Blancs. C'était l'année où Anselme avait changé de regard, l'année où il avait ressenti plus de gourmandise.

Quand un jeune vigneron venait prendre conseil auprès d'Anselme Selosse, quelles étaient ses recommandations prioritaires ? "Premièrement, arrêter le désherbage chimique. Deuxièmement, changer de regard sur les sols. C'est quoi, un sol ? Troisièmement, réfléchir sur la notion de maturité. Quand le raisin est ramassé alors qu'il n'est pas mûr, le champagne n'a pas goût de vin, c'est de l'eau acide. Et enfin, oublier de déguster sans cesse ses vins avant le tirage. Cela donne envie de les corriger."

En cave, Anselme avait encore ouvert une bouteille du millésime 2003, l'année de la sécheresse. Ce champagne à la robe or jaune et au nez de fruits exotiques avait de l'énergie, de l'opulence et de la rondeur. Il était très équilibré malgré les événements climatiques qu'avaient subis la vigne et son fruit. Le chardonnay lui donnait de l'éclat et sa bulle du piquant. "La bulle est un véritable élément gustatif, insistait le vigneron. À partir du moment où l'on n'a pas cette sensation, cet angle, il manque une consistance dans le vin : les fameuses bulles carrées. Quand je dis carrées, je ne dis pas explosives. Quand on a les joues qui poussent, on est dans l'inconfort."

La bulle devait avoir de l'angle, mais demeurer confortable, offrir une sensation de moelleux, quelque chose de pâtissier. Ou bien de la structure. On pouvait aussi bien être dans l'atelier de Gustave Eiffel que dans le laboratoire de Pierre

Hermé. Les bulles procuraient du tranchant et de l'ardeur, de la douceur et de l'épaisseur.

"Les composés aromatiques des bulles sont très particuliers puisqu'ils sont véhiculés par le gaz carbonique dissous dans l'eau qui devient de l'acide carbonique. Mais j'ai tendance à faire un peu abstraction de tout ce qui est aromatique pour m'en tenir à l'épaisseur du vin, une qualité caractéristique des champagnes. J'ai trop fréquenté de personnes qui faisaient l'apologie des arômes, comme le critique anglais Tom Stevenson, sans jamais évoquer leur ressenti en bouche : saveurs, texture et tout l'imaginaire qui va avec. C'est ce qui me plaît dans un vin : il est né comme ça, long, court, gras, maigre, et l'homme n'y peut pas grand-chose. J'ajoute qu'il est assez facile de bidouiller les arômes alors que la consistance, donc le goût qui lui est associé, est difficilement modifiable. J'aime les sensations que l'on ne peut discerner qu'en bouche, le ressenti, la densité pétillante que l'on trouve entre la langue et le palais. Certains critiques du vin donnent trop d'importance à l'analyse olfactive : ils accordent leurs points aux arômes. Cela encourage les élaborations techniques avec des éléments exogènes capables d'apporter les notes requises. Pour faire redécouvrir l'importance de la consistance du champagne, j'hésite à faire déguster mes champagnes dans un tastevin, qui se rapprocherait de la coupe à champagne d'autrefois. On ne pourrait pas faire tourner le vin dans le verre, on ne pourrait pas regarder les bulles se former et l'évasement rendrait impossible l'analyse olfactive. On en reviendrait à l'étymologie du mot « tastevin » : tâter de la bouche."

La dégustation des champagnes Jacques-Selosse lui avait laissé le souvenir de bulles sans nombre. Mutines, allègres, rieuses, incisives, élancées, gracieuses, angéliques, bucoliques, rieuses, incidentes, émollientes, languissantes, lancinantes, effrontées.

Il avait connu des bulles carrées, au commencement et à la fin, et mille autres bulles, tous les jours et d'autres encore. Des bulles fines, des bulles fermes, des bulles fortes, des bulles aiguisées, des bulles délicates, des bulles tristes et des bulles tendres. Il avait connu des bulles en vers et des bulles en prose. Des bulles comme des poèmes : radieuses, élégiaques, ténébreuses. Des bulles comme des idées : heureuses, flâneuses, paresseuses, obstinées. Des bulles terriennes et des bulles aériennes, des bulles rares et des bulles abondantes. Des bulles caressantes, symbole de gaîté, et des bulles dures, des bulles en deuil. Des bulles en gerbe, à l'abordage, et des bulles en colonne, comme à la parade. Il n'avait pas oublié le jour où il avait trempé sa main dans son verre pour essayer d'attraper les bulles avec ses doigts. Et combien d'autres fois ? Combien d'autres bulles, tour à tour souples, douces, légères, exquises, juteuses, fameuses, furieuses, gracieuses, onctueuses, savoureuses, esculentes.

Esculentes ? Un dernier mot rare et précieux, comme un brin de bruyère cueilli pour Anselme. On ne découvrait sa définition ni dans le Robert, ni dans le Littré, ni dans le Furetière. Seul un dictionnaire latin-français, le Gaffiot, permettait d'en retrouver le sens oublié. *Esculentus, a, um* : bon à manger. À la première page de sa *Physiologie*, Brillat-Savarin, né à Belley, dans l'Ain, un terroir de bulles sucrées, définissait le goût comme le sens par lequel nous apprécions ce qui est sapide ou esculent*. Comment le dire plus joliment ? Les bulles carrées des champagnes Jacques-Selosse étaient précisément sapides, pleines de saveur, et esculentes, bonnes à manger.

De toutes ces bulles, il voulait se souvenir. Il avait connu les bulles d'antan, celles dont on se souviendrait dans mille ans. Des bulles au parfum de rose et des bulles au parfum d'encens. Des bulles fraîches comme la rosée du matin et des bulles douces comme la pluie du soir. Les premières bulles du printemps, quand il était permis de déjeuner en terrasse, chez Yves Camdeborde ; les bulles d'été, au bord de l'eau ;

* *Cf.* Jean-Anthelme Brillat-Savarin, *Physiologie du goût*, présentation de Jean-François Revel, Champs-Flammarion, 1982, p. 40. "Le goût, par lequel nous apprécions tout ce qui est sapide ou esculent."

les bulles d'automne, après les vendanges, à l'ombre de la cathédrale de Chartres, au Grand Monarque, chez les Jallerat ; et les bulles d'hiver, au cœur de la nuit la plus longue de l'année. Il avait bien des bulles dans sa mémoire. Il se souvenait des bulles carrées qu'il avait croquées chez lui et de celles qu'il avait goûtées chez des amis ; dans la profondeur d'une cave champenoise ou en plein soleil, à l'occasion d'un déjeuner sur l'herbe. Il avait cherché leur mordant tôt le matin et retrouvé leur tranchant à la mi-journée. Certains jours, en des circonstances qui s'étaient un peu effacées de son esprit, elles avaient le cliquètement des épées. À Paris, les amis qui avaient bu avec lui, à grandes nuits et à grandes journées, se souvenaient de bulles qui étanchaient la soif et de celles qui la provoquaient. On ne trouvait pas du champagne Jacques-Selosse chez tous les cavistes. Ils avaient souvent franchi la Seine, changé de rive. Souvent, ils avaient fait halte aux caves Augé, boulevard Haussmann, juste derrière la place Saint-Augustin, où Marcel Proust venait jadis en voisin acheter ses liqueurs et ses salades. En levant les yeux, ils apercevaient le soleil ; en baissant les yeux, le vieux pays qui ressemblait de moins en moins à ce qu'il aurait dû être. Quand il était tard le soir, c'était la lune, au-dessus des toits et c'était mieux : la vieille capitale était noyée dans le noir. Ils étaient le gosier de la ville, ils chantaient l'univers, laissant les bulles carrées d'un flacon de Substance fondre sur leur langue. Du temps passait. L'hiver devenait parfois long. Les retrouvailles avec le champagne tardaient. À l'approche du printemps annoncé par les hirondelles, l'heure des bulles carrées revenait sans cesse. Rien ne semblait alors meilleur que le champagne d'avril. C'était une vie pleine de grâce, de style, de jeux, de périls, de hardiesses, d'improvisations, de songeries, de ressources. C'était une belle jeunesse qui disait : "Adieu, adieu, souviens-toi de moi", comme le spectre dans *Hamlet*.

Les qualités que vous préférez chez un homme ? – L'intelligence, le sens moral.

Celles que vous préférez chez une femme ? – La douceur, le naturel, l'intelligence.

Votre notion de la bulle carrée ? – Sapide et esculente.

On était en juillet, maintenant. C'était l'hiver à São Paulo. Il faisait 17 degrés sous un ciel couvert. Un déluge d'orage avait laissé place à une lumière mouillée. Les palmiers qu'il apercevait de sa fenêtre ruisselaient de pluie. Il entendait le mugissement des autobus sur l'avenue Faria Lima. Les avions du pont aérien São Paulo-Rio qui décollaient de l'aéroport de Congonhas passaient sans fin au-dessus des arbres grelottants du parc do Povo. Saint-Paul. 12 millions d'habitants, 7 millions de voitures, 800 gratte-ciel.

Une ville cubiste, une ville qu'on ne pouvait pas oublier. "Ici nulle tradition / Aucun préjugé / Ni ancien ni moderne", avait chanté Blaise Cendrars, débarqué au Brésil l'an mille neuf cent vingt-quatre. À Saint-Paul, il avait souvent bu du champagne Jacques-Selosse. Avec Jovelino Mineiro, avec Jacques Trefois, avec Maurizio Remmert. La cuvée Substance, dans son souvenir. Des vins dorés, avec de la noblesse, de l'assurance, des amers délicats comme les doubles volutes du baldaquin du cavalier Bernin à Saint-Pierre de Rome. N'importe où dans le monde, il était troublant de retrouver cette géographie si particulière, ce pays tellement à part. Avec Jovelino, un soir de novembre 2017, au restaurant Shin Zushi, dans le quartier de Paraíso, ils avaient dégusté un flacon de blanc de blancs grand cru extra-brut Les Carelles dégorgé en janvier 2010, issu d'un coteau sud calcaire où il s'était naguère promené avec Anselme. Ce vin au nez gras, vanillé, restituait les arômes profonds du chardonnay pressé à maturité et la craie scintillante, stridente et crissante des chemins du Mesnil-sur-Oger. Il s'accordait merveilleusement à une cuisine japonaise inventive et iodée. Ce n'était pas ce qui manquait à São Paulo, où triomphaient Jun Sakamoto, Tsuyoshi Murakami et une idée éclatante de la préparation du poisson cru. Il était déjà tard, il avait levé son verre à la haute mémoire de Masanobu Fukuoka.

Sa *Théorie de la bulle carrée* était écrite, enfin. Jour après jour, ses petits carnets rouges avaient pris la forme d'un livre. Il espérait avoir été fidèle à son projet. Avoir proposé une divagation, une exploration en tous sens, pour retracer l'aventure d'Anselme Selosse qui mènerait bientôt ses quarante-cinquièmes vendanges au domaine avec son fils Guillaume. Il en revenait à Charles Péguy : "C'est par un approfondissement constant de notre cœur dans la même voie, ce n'est nullement par une évolution, ce n'est nullement par un rebroussement que nous avons trouvé la voie. (...) Nous ne l'avons pas trouvée en revenant. Nous l'avons trouvée au bout."

Versailles, Paraty, São Paulo
janvier-juillet 2018.

DU MÊME AUTEUR

LES BARRICADES MYSTÉRIEUSES, Actes Sud, 1998 ; Babel noir n° 59.

TRIOMPHE DE DIONYSOS. ANTHOLOGIE DE L'IVRESSE, avec Jérôme Leroy, Actes Sud, Babel n° 392, 1999.

LES IDÉES HEUREUSES (prix François-Mauriac de l'Académie française), Actes Sud, 1999.

MYTHOLOGIE FRANÇAISE (prix Goncourt de la nouvelle), Actes Sud, 2002.

GEORGES BERNANOS ENCORE UNE FOIS, L'Âge d'Homme / Les Provinciales, 1998 ; Babel n° 534.

SOUS LE SOLEIL DE L'EXIL : GEORGES BERNANOS AU BRÉSIL, 1938-1945, Grasset, 2003.

CHEZ MARCEL LAPIERRE, Stock, coll. “Écrivins”, 2004 ; La Table ronde, coll. “La petite Vermillon”, n° 340.

COURT VOYAGE ÉQUINOXIAL : CARNETS BRÉSILIENS, Sabine Wespieser éditeur, 2005 ; La Table ronde, coll. “La petite Vermillon”, n° 295.

DES TRIPES ET DES LETTRES, avec Yves Camdeborde, L'Épure, 2007 ; nouvelle édition, 2010.

ROOM SERVICE, avec Yves Camdeborde, Actes Sud, 2007.

IL FAUT QU'IL PARTE, Stock, 2008 ; Babel n° 1097.

SERMON DE SAINT FRANÇOIS D'ASSISE AUX OISEAUX ET AUX FUSÉES, Stock, 2008.

LE PETIT LAPAQUE DES VINS DE COPAINS, Actes Sud, 2006 ; nouvelle édition, 2009.

LES IDENTITÉS REMARQUABLES, Actes Sud, 2009.

AU HASARD ET SOUVENT, Actes Sud, 2010.

LA CONVERGENCE DES ALIZÉS, Actes Sud, 2012 ; Babel n° 1195.

AUTREMENT ET ENCORE. CONTRE-JOURNAL, Actes Sud, 2013.

THÉORIE DE LA CARTE POSTALE, Actes Sud, 2014.

THÉORIE DE RIO DE JANEIRO, Actes Sud, 2014.

THÉORIE D'ALGER, Actes Sud, 2016.

SERMON DE SAINT THOMAS D'AQUIN AUX ENFANTS ET AUX ROBOTS, Stock, 2018.

ESSE PARAÍSO DA TRISTEZA : STEFAN ZWEIG E GEORGES BERNANOS, BRASIL, 1942, É Realizações Editora, São Paulo, 2018.

LES *THÉORIES*
DE SÉBASTIEN LAPAQUE

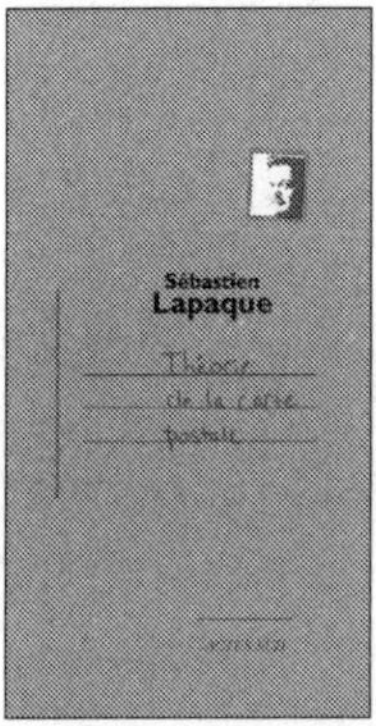

THÉORIE DE LA CARTE POSTALE

(extrait)

“Où était-il, depuis combien de temps rêvait-il ? Et que resterait-il de son rêve au lever du jour ? Il s’était laissé emporter, aspiré dans le bleu de ses songes. Les cartes postales n’étaient plus l’objet de son livre, elles étaient le décor de ses rêves. Il ne maîtrisait plus rien. Il était devenu un personnage dans le coin d’une carte postale de voyage où tout était bleu, même les oiseaux, même le soleil, même les nuages.”

10 x 19 / 112 pages / février 2014

THÉORIE DE RIO DE JANEIRO
(extrait)

"Il aurait aimé raconter avec une lenteur et une délicatesse inédites des choses très simples ; la première bière de la journée, une *Antarctica* glacée, bue sur le comptoir d'un petit bar de rue, les conversations entremêlées, le bonheur de lire la météo du jour à Rio dans le quotidien *O Globo*, la quiétude sous les grands arbres de la rue Dias Ferreira, le soleil de midi sur les assiettes de riz et de haricots noirs. Il y avait dans cette ville quelque chose qui le touchait profondément, le bouleversait même, quelque chose qu'il voulait mieux vivre pour pouvoir enfin mieux le dire."

10 x 19 / 112 pages / mai 2014

THÉORIE D'ALGER
(extrait)

"Partout, il avait appris à s'introduire dans l'envers du décor et à s'attirer le respect des anciens. Une suite de belles marches dans quelques villes choisies avec soin lui avait permis de se bricoler une méthode et d'énoncer des commandements. Maître de personne et n'ayant rien à vendre, il en offrait l'usage à ses amis.

Se lever avant le soleil • Glisser un recueil de poèmes dans sa poche • Traîner dans les cafés • Lire le quotidien du matin • Être amoureux • Tout noter • Acheter des cartes postales • Apprendre à reconnaître les arbres à leurs feuilles et les oiseaux à leur chant • Affectionner les lieux réputés sans intérêt • Visiter les musées et les stades • Bien dormir, beaucoup rêver"

10 x 19 / 112 pages / octobre 2016

OUVRAGE RÉALISÉ
PAR L'ATELIER GRAPHIQUE ACTES SUD
REPRODUIT ET ACHEVÉ D'IMPRIMER
EN JANVIER 2019
PAR NORMANDIE ROTO S.A.S.
À LONRAI
POUR LE COMPTE DES ÉDITIONS
ACTES SUD
LE MÉJAN
PLACE NINA-BERBEROVA
13200 ARLES

DÉPÔT LÉGAL
1re ÉDITION : FÉVRIER 2019
N° impr. : 1805290
(Imprimé en France)